一茶を読む
やけ土の浄土

鳥影社

松林尚志

一茶を読む　やけ土の浄土　目次

一、　はじめに　5
二、　俳人一茶の出発と関西行脚　15
三、　宗匠への道と父の死　23
四、　女流門人の登場　30
五、　相続争いの決着、帰郷へ　49
六、　柏原定住、結婚へ　66
七、　『三韓人』の出版と夏目成美　75
八、　家庭生活と最後の江戸行脚　90
九、　一茶の作風　100
十、　『おらが春』を読む　112
十一、家族の引き続く死　123
十二、北信の社中たち　140
十三、晩年の一茶　150
十四、一茶の死とその後　160
一茶略年譜　164
あとがき　172

一茶を読む　やけ土の浄土

一、はじめに

一茶は生涯二万句近い句を残している。それも句帳や厖大《ぼうだい》な句日記に文章などと共に記されたもので、撰集類を除けば個人の句集としては没後二年ほどして出た五百二十句ほどの『一茶発句集』が最初のようである。四十代に入って多作になっていて、多作なだけに似たような句があったり、作り変えたりしたものも多いが、一茶調と呼ばれるような独自な世界を生み出している。それにしても丁寧に日記類や句を記録し続けた執念というか几帳面さに驚かされる。このような一茶の世界は、芭蕉が最後の病床にあってまで自句の推敲《すいこう》に執念を燃やした態度とはまさに対照的といってよい。

芭蕉は禅に親しんだように修行者の一面があり、ある意味で自己を克服しようとしていた。一茶は門徒宗であったが、晩年はまさにその信仰に徹底している。『おらが春』の、「ただ自力他力、何のかのいふ芥《あくた》もくたをさらりと、ちくらが沖へ流して、さて後生の一大事は、其身を如来の御前に投げ出して、地獄なりとも極楽なりとも、あなた様の御はからひ次第、あそばされくださりませと御頼み申すばかり也」という言葉は一茶の至った境地を示して鮮やかという他はない。一茶にはここまで開き直れるだけの人生があったと思う。

芭蕉は若い頃、発句合《ほっくあわせ》『貝おほひ』を出し、それを伊勢の天満宮に奉納して江戸に下向しているが、その内容は男色も入った遊蕩《ゆうとう》的気分に溢れたものであった。江戸に出ても深川に退隠するまでは談林に飛び込んだりしてその気分からは抜けきれないでいた。処女作からその優れた資質の大凡《おおよそ》を示す作家もいるが、芭蕉の変容ぶりは際立っている。そして最後までより高みを求めて自己の至らなさを克服しようとしていた。

一茶の時代は江戸の末期で文化の面では爛熟《らんじゅく》し、俳諧の面でも言葉遊び的な月並俳句や、川柳の冷やかし、穿《うが》ちや、ばれ句など退廃的なものも根付いていた。しかし一茶の句からはそのような雰囲気はあまり感じ取ることが出来ない。諧謔《かいぎゃく》や風刺はあっても俳句への一途さがある。我執の強さはあっても決して反社会的でもなく、自堕落でもなく、まして遊蕩的なかけらも見えない。そして一茶は平明さの中に世界と一つとなったような詩の世界を紡ぎ出した。一茶は芭蕉と違って、ありのままに詠んで詩人たる境地に達したように見える。しかしそのためにはまさに血のにじむような人生があったことも知る必要があろう。

＊　＊

一、はじめに

一茶は十五歳で江戸に奉公に出されている。驚くことには、田舎の農家育ちの少年が俳諧を学んで、二十代半ばには宗匠の執筆《しゅひつ》を勤めるまでになっていたことである。執筆は俳諧の約束事をチェックする立場でもあり、俳諧の約束事に通じているばかりでなく、俳言《はいごん》の委細に詳しく、文字にも通じていなければならない。才能ばかりでない粘り強さやひたむきな努力なしにそれが可能であったとは思えない。二十七歳の時にはみちのく行脚を試みているし、そして三十歳の折には、七年間に及ぶ四国から九州までの関西俳諧行脚を行っている。これは葛飾派の俳人二六庵竹阿《にろくあんちくあ》の足跡を辿ったもので、一茶は竹阿に強く惹かれるものがあったようである。竹阿は亡くなる二年ほど前に大阪から江戸に帰っており、寛政二年に亡くなっている。一茶は竹阿の遺文集「其日ぐさ」を筆写しており、二六庵と一茶の二つの印を押している。竹阿が旅にあった時期、一茶は竹阿の二六庵に留守番代わりに住むことを許されていたらしい。一茶は二六庵を継いでいるから宗匠たらんとする気概を強くもっていたに違いない。

竹阿が亡くなった翌年、一茶は関西行脚を意図したようで、旅費の工面も兼ねて挨拶に房総方面を巡った後、父の見舞いがてら郷里に帰っている。その記録を一茶は『寛政三年紀行』として残しているが、そこには若い時の暮らしぶりや作風を伝える貴重な記述が多いのでそれを少し取り上げてみたい。

この紀行の冒頭は、「西にうろたへ東にさすらひ、一所不住の狂人あり。旦《あした》には上総に喰《くら》ひ、夕《ゆふべ》には武蔵にやどりて、しら波のよるべをしらず、立つ淡の消えやすき物から、名を一茶坊といふ」というように、旅に流離《さすら》う風狂ぶりを先ず開陳する。文飾は差し引かなければならないとしても、一茶の弟子筋は常総や南総方面に多く、旅に多くを過ごす生活であったことは事実であった。その一茶坊は生活や旅の糧をどのようにして得ていたのだろうか。そのことを知る意味で紀行の文章は興味深いので長くなるが引いてみたい。

行々粮《ゆくゆくかて》のれうにとぼしく、一飯一宿の恵みをちからに、一足づつも古郷に近よらんとて、心にもあらぬこと葉をかざりて、人をよろこばす。反古袋を首にかけ、手に珠数を提げたれば、いささか世をいとふ容《すがた》に似たれど、専ら名利の地獄に入り、貪欲の心いよいよ盛に、仏を念ずる思ひは漸々《やや》に怠る。

途中子を亡くした老婆に回向《えこう》をして欲しいと一宿を勧められたりもしているから、行脚僧の姿も見えるが、やはり俳諧師として句を書き散らし糧を得ていた面も多かったろう。

この紀行は冒頭の風狂ぶりからも窺えるように『海道記』や芭蕉の『野ざらし紀行』、『笈《おい》の小文』などの影響が指摘されている。それだけに内容も濃く、文章も引き締まっていて読み応えがある。最近の研究では、かなり後年になって加筆訂正され、現在の姿になったのではないかと見られているが、草稿は時を経ずに書かれていたに違いない。

一茶はこの父を見舞った旅の翌年、ほぼ七年に及ぶ京阪から長崎、讃岐を巡る俳諧行脚の旅に出ている。竹阿は晩年二十年間ほど大阪に庵を結んでいたようで、関西方面に弟子が多かった。二六庵を継ぐ意図をもっていた一茶にしてみれば顔を繋ぐ意味があったと思われる。その意味で帰郷は大きな覚悟をもった旅立ちの第一歩であったことが見えてくる。

この紀行で私が注目する一つは、そこに見える俳句に後年の一茶調の発想が窺えることである。いくつか挙げてみよう。

青梅に手をかけて寝る蛙哉
茨の花ここをまたげと咲きにけり
陽炎《かげろふ》やむつまじげなるつかと塚
閑古鳥必ず我にあやかるな

青梅の句は蛙を人間の姿に託して詠んでいる。茨の花は一茶に話しかけてきているようだ。塚の寄り合う姿を、むつまじげと命あるもの同士のように捉えている。この寺には蓮生熊谷《れんしょうくまがい》

一、はじめに

直実《なおざね》と直実が討った敦盛《あつもり》の墓が並んで立っている。閑古鳥への呼びかけも一茶らしい親しさである。生きものを含めて世界が命ある全体として一茶の中で息づいている。一茶俳句の大きな特徴であるアニミズム的な詩の世界がすでにはっきりと示されている。このような発想には一茶生得の面があるに違いないが、しかしそれを促すものがあったはずであり、それは旅に生きた孤独な生活とも大きく関わっているに違いない。そのことは改めて考えてみたい。

* *

私は最初に芭蕉と一茶との大きく違う面を指摘したが、一茶の出発が芭蕉抜きに考えられないことは『寛政三年紀行』からもはっきり窺うことが出来る。『寛政三年紀行』に『野ざらし紀行』などの影響を先に指摘したが、そのことを示すこの紀行文の中の「新家記」を取り上げてみたい。この文章だけは題がついた独立した形になっていて、そのことだけでも芭蕉の『笈の小文』を思わせるし、後年の加筆を窺わせる。紀行は別れの挨拶を兼ねて下総の弟子をめぐるところから始まるが、その一人である仁左衛門《にざえもん》の利根川を望む風流を尽くした新家を讃える文章が「新家記」である。その主人共々の佇《たたず》まいを羨む思いを述べたあと、自分は目があっても犬のようであり、耳があっても馬のようであり、初雪も悪いものが降ると謗《そし》り、ほととぎすもかしましいと憎み、月や花につけても寝転ぶのみ、これこそまさに「景色の罪人」だと記す。そして、

蓮の花虱を捨つるばかり也

の句を示して結んでいる。風雅と対置される虱《しらみ》などをもってきた所は景色の罪人たるを示すまさに開き直りであるが、この句は芭蕉の、

夏衣いまだ虱をとりつくさず

を思わせずにはおれない。これは芭蕉の『野ざらし紀行』の最後に置かれた句で、庵に帰った安堵と、旅の疲れのとりきれていない思いを詠んでいる。一茶は寛政五年には、

夏衣しばし虱を忘れたり

という句を作っている。この句ははっきりと芭蕉の夏衣を受けている。

『寛政三年紀行』は最後に家にたどり着いた喜びを述べ、

門《かど》の木も先《まづ》つつがなし夕涼《すずみ》

という句を置いて結んでいる。加藤楸邨《しゅうそん》は『一茶秀句』で、一茶俳句における芭蕉の影響をつぶさに追っているが、この句は芭蕉の「幻住庵《げんじゅうあん》記」の、

まづたのむ椎の木もあり夏木立

を受けていると指摘している。たどり着いた我が家の門の木は、幻住庵の椎の木とまさに響き合っている。

一茶が芭蕉を仰ぎ、芭蕉から学ぼうとしたことは随所に窺える。享和三年（四十一歳）の時の句を挙げてみる。

けふ一《ひと》かたけたらへざりしさへ、かなしく思い侍るに、古へ翁の漂泊、かかる事日々なるべし

三度くふ旅もつたいな時雨雲

「かたけ」は一回の食事、旅に生きた芭蕉を偲んで自分はまだ恵まれていると感謝している。弱音ばかりの多い一茶には珍しい句であるが、旅に生きた芭蕉への思慕が窺える。

ここではまだ芭蕉を慕い、その後を追う気持は伝わってくるが、晩年に至ると次第にただ仰ぎ、あやかる気持が前に出てくるようになる。

芭蕉翁の臑《すね》をかぢ(じ)って夕涼《ゆふすずみ》　文化十年
芭蕉塚先《まづ》をがむ也初布子《ぬのこ》　文化十一年
なむ芭蕉まづ綿子《わたこ》にはありつきぬ　文化十二年
ばせを翁《おきな》の像と二人やはつ時雨　文政五年
ばせを忌やことしもまめで旅虱　文政句帳

文化十年は五十一歳、文政五年は六十歳にあたっている。ここでは芭蕉を慕い、競い立とうとする気概はなく、芭蕉にあやかって生きて行けることへの思いを素直に詠む。

「文政句帖」の六年正月の日記には、

ふしぎにことし六十一の春を迎へるとは実《げに》〳〵盲亀の浮木に逢へるよろこびにまさりな

ん。されば無能無才も、なか〳〵齢《よはひ》を延《のぶ》る薬になんありける。

春立つや愚の上に又愚にかへる

とあり、芭蕉の「無能無才にして此一筋につながる」(「幻往庵記」)を逆手にとっているところが一茶らしい。この頃一茶は江戸俳壇で最高位に位置付けられるまでに名声は高まっていた。一茶は俳諧に生きることで暮らしを立てることが出来た。きれい事でなく俳諧は糊口の道であった。そこに開き直って生まれた俳句が一茶調をもたらしたといってよい。

二、俳人一茶の出発と関西行脚

一茶は俳句の上で何をおもたらしたのであろうか。一茶の俳句についてはすでに多くの人によって書き継がれてきており、戦後では金子兜太《とうた》氏の精力的な取組みが一茶俳句の魅力を引き出して余すところがない感じである。私はここでは一茶の歩みを辿りながら一茶俳句の成り立ちの周辺に少しでも迫ってみたい。そのことで一茶の俳句ばかりでなく、その人間像に少しでも近づければと願っている。

十五歳で一茶が江戸へ出て以降どのようにして俳諧の世界に入ったかはほとんど分かっていない。二十歳の頃、馬橋《まばし》の富豪の油商大川平右衛門（俳号立砂《りゅうさ》）宅に奉公したという伝承があるくらいである。立砂は葛飾派俳人今日庵元夢《げんむ》の門人で、柏日庵と号し、判者ともなっていた俳人であった。一茶が葛飾派俳人として頭角を表したことを考えると、奉公云々は別として立砂の庇護が俳人一茶の出発であったといってよいと思う。葛飾派は山口素堂に始まるが、素堂と芭蕉との関係はよく知られている。素堂は藩を辞して池之端から葛飾に隠棲したことから素堂門が葛飾派とよばれるようになり、旗本出身の馬光《ばこう》が其日庵《きじつあん》二世として葛飾派を継いでいた。元夢は素堂の今日庵を継いだが、馬光には元夢の他、素丸《そまる》や竹阿などの門人がいた。葛飾派は馬光から旗本出身の素丸が其日庵三世を継いでいるが、この三人の人気、実力は伯仲していたようである。其日庵も今日庵も素堂の茶道の号である。

一茶は二十九歳の時、帰郷にあたって素丸こと渭浜《いひん》庵に、執筆の身に取り立てられた礼と、三十日ばかり休暇を頂きたい旨の書面を残している。一茶は立砂との関係から元夢に師事していたようで、二十六歳の時には元夢編の『俳諧五十三駅』に菊明号で十二句入集しており、元夢の執筆を勤めていた。素丸の執筆になったことは葛飾派の中枢に入ったことを意味している。この帰郷の時一茶は二十九歳、素丸は七十九歳であった。素丸はこの四年後に没している。一方で、今日庵元夢宛の一茶の書簡も残されている。これは関西旅行先の備後福山からのもので、帰る予定などに触れ、立砂大人への伝声を願う言葉も見える。一茶三十五歳、元夢七十一歳であった。この両書面については村松友次氏の『一茶の手紙』（大修館書店　一九九六年）に詳しい紹介があり、教えられた。ともあれ一茶は二十代で葛飾派三世の素丸の執筆になっていることに驚かされる。

先に一茶が竹阿の二六庵を継いだことに触れたが、竹阿は馬光門でも高潔な隠士風の人物で、旅に多くを過ごし、難波俳壇の復興に力を尽くしたという。竹阿は馬光の句集を編み、跋文《ばつぶん》を書いている。一茶が素丸や元夢にその力を認められたとしても、素丸は幕府の御家人であったようであるから、農民上がりの一茶にはしっくり来ないものがあったろう。一茶が竹阿を継いだ思いが見えてくるようである。竹阿の足跡を追った一茶の関西方面への俳諧行脚は宗匠への第一歩とみてよい。

私は一茶の宗匠への執念に触れたが、一人前の点者となって立机《りっき》を許され、御披露目の興行をして宗匠として認められたようである。そして弟子などとの三つ物歳旦帖が配られるようになった。俳諧では師系が重んじられ、何派、何代というような襲名が行われたことは葛飾派についても窺える。しかし宗匠と言っても、自ら宗匠と称して点料で生活する俳諧師が増えて、宗匠自体が安易な呼び名となったことは否めない。いわゆる業俳《ぎょうはい》であり、田舎宗匠である。若い一茶はそんな次元とは違い、二六庵継承を通じてさらに葛飾派の宗匠までを見据えたのではなかろうか。そのことは関西旅行からも伝わってくる。

一茶の寛政四年に始まり丸六年に及ぶ関西旅行については、一茶の「寛政句帖」や「寛政紀行」から大凡を知ることが出来る。とりわけ金子兜太氏の『一茶句集』（岩波書店）には関西行脚について詳細な言及があって教えられる。ここではそれらに拠りながらざっと足跡を辿ってみたい。最初は京・大阪で過ごしたようであるが、父の宿願であった西本願寺への代参を果している。その年、竹阿の門人であった讃岐観音寺の専念寺に梅五《ばいご》和尚を訪ね、その後九州へ向かっている。専念寺には梅五が立てた竹阿追悼の石塔があったというからその人柄が伝わってくる。

翌寛政五年は偽書『花屋日記』で名高い文暁《ぶんぎょう》のいる八代《やつしろ》で新年を迎え、その後竹阿ゆかりの長崎へ行っている。「其日ぐさ」には長崎の門弟の話が載っている。六年は四国巡礼を志したか、四国を巡ったらしい。七年は専念寺で新年を迎えている。この梅五和尚は一茶を歓待したようで、「しばらくづつの旅愁を休むることしばしば、さらに我宿のごとし、已《すで》に四とせの昵懇《じっこん》とは也けらし。」（「寛政紀行」）との言葉はその様子をよく伝えている。

正月観音寺を発って松山の栗田樗堂《ちょどう》宅に着き、歓待される。樗堂は酒造業で松山きっての富豪であったが、暁台《きょうたい》門として俳諧にも親しみ、四国随一の大家として声望が高かった。草庵を設け俳諧に親しんでいて、現在もそれが庚申庵《こうしんあん》として復元されている。一茶は間もなく一旦専念寺に帰り、そこから岡山へ渡って書写山に参詣し、大阪に着いている。河内の各地を巡ったあと上洛し、洛東の芭蕉庵で庵主闌更《らんこう》等と歌仙を巻いた。闌更は花の本宗匠を許された俳壇の大御所と言える存在であった。七月には近江義仲寺《ぎちゅうじ》の芭蕉忌に参会し、連句に同座している。

その年の冬は大阪に下り、『冬の日』の注釈をしていた黄花庵《こうか》升六《しょうろく》の家に滞在していたようで、升六の『冬の日注解』の自序に一茶坊と意見を交わしたことが見える。この年の暮一茶は自ら版下を書き、この数年間の俳諧修業を記念した句集、『たびしうゐ』を京都の書店から出版している。一茶は亜堂として載せ、一葉が序を寄せている。序を寄せた一葉は辻が花染の職人であったようで、一茶は

みのゝ辻辻が花人たゆまざる

の句を残している。この一葉・時女夫妻の家に一茶は長逗留したようで、『たびしうゐ』の編集もここで行われたに違いない。入集している俳人は、畿内をはじめ、中国、四国、九州各地にわたるが、東部よりの消息として素丸、元夢、成美《せいび》等六人の句が一句ずつ入る。ここでは『たびしうゐ』に載る洛東芭蕉堂での九吟歌仙の発句蘭更、脇亜堂(一茶)のみを挙げておきたい。

月うつる我顔過ぬほととぎす　　蘭更
風ここちよき入梅《つゆ》晴の道　　亜堂

翌寛政八年には四国に渡り、松山の樗堂をたよっている。その滞在は長かったようで、樗堂の手引きで松山城の月見をしており、樗堂とは両吟六歌仙を残している。松山を発って福山に向かったのは次の年の春であるから随分長い。「寛政紀行」には、「旅のひとり言」と題して、「たとへ日を累《かさ》ねて逗留《とうりう》なりとも、別るる期《ご》に別れざれば、大なる非《そしり》ごとをとる事うたがひなし。心がけの第一也」とあり、旅の気遣いが伝わってくる。山頭火《さんとうか》のように羽目を外すことはなかったろう。

備後の福山に滞在したことは、そこからの元夢宛の書簡に触れたが、その年の暮には上方に向かったようで、十年の新年は大和長谷《はせ》寺で迎えている。この年には西国滞在は切り上げて江戸に帰ることを決めたようで、旅の記念集『さらば笠』を、京都勝田吉兵衛刊で出版している。当時の俳書は投句者から出句料を徴収して出版費用に当てるのが普通だったようであるから、一茶が異郷の地で二回にわたり、個人の力で資金を集め、句集を出版したことは驚くべきことに映る。作家としての一茶の力量に対する信頼なくしてそれが可能であったとは思えない。

『さらば笠』は竹阿追善集の意図もあったようであるが、旅で知り合った畿内、中国、四国、九州の他、諸国の有名俳人の句も集められている。巻頭には闌更の送別句を立句にした六吟歌仙の表六句が収められている。ここでは送別歌仙の第三までを挙げておきたい。

まてしばし都の富士の花七日　闌更
ひがしはいまだ寒げなる空　一茶
茶の烟り雉子を後に夜の明けて　五雀

出版作業を一段落させ、一茶が江戸に帰ったのは寛政十年の六月のことで、旅は丸六年に及んだ。この旅での句を少し挙げてみたい。

しづかさや湖水の底の雲の峰　寛政　四年
塔ばかり見えて東寺は夏木立　〃
君が世や茂りの下の耶蘇仏　五年
雲の峰見越し見越して阿蘇煙　〃
寝ころんで蝶とまらせる外湯かな　七年
義仲寺へいそぎ候初しぐれ　〃

まだ一茶調の出る前の、一茶の資質の確かさを示す句と思う。その中には、

初夢に古郷を見て涙かな　　　　　　　　六年

というような旅の心細さを詠んだ句も見える。よく知られた、

おんひらひら蝶も金比羅参哉

は、五十七歳の時の作であるから追想句であろう。

三、宗匠への道と父の死

一茶は七月末に中仙道を経て一旦郷里に帰り、秋には江戸に戻っている。大変な箔を付けて帰ってきた一茶であるが、江戸の俳壇が暖かく迎え入れた様子は見えない。馬橋の立砂を見舞い、手児奈堂《てこな》に遊んだ記事が見える。立砂はその翌年に亡くなっており、一茶は「挽歌」と題した句文を残している。旅立ちに当たって町外れまで見送ってくれたこと、旅を終え再会できた喜びなどを記し、

炉のはたやよべの笑ひがいとまごひ

の句を添えている。立砂は旅銀をはずんだであろうし、その後も一茶は立砂の息子斗囿《とゆう》からの援助を受けている。

江戸での最初に取り組んだ仕事は『さらば笠』の関係先への発送であった。『さらば笠』には増補篇もあるというから増刷するまでの熱の入れようだったのである。自著を出版し、世に送り出す時の昂ぶった様子が伝わってくる。一茶はこの年の九月から「急逓紀《きゅうていき》」と題するノートをつけ始めている。このノートは発信・来信の控えで、その後文化六年まで書き続けている。小林計一郎氏の『小林一茶』によると、信濃や上総の他、一茶の歩いた西国各地に広く送られたことが見えてくるという。一茶にとっては全国区の俳人仲間に加わった気持であったろう。寛政末年に関西で発行された俳人番付表には江戸の葛飾派として一人一茶のみが載っているという。おそらく一茶は、これまで培ってきた房総・常陸方面の葛飾派の弟子筋を地盤として江戸での宗匠の一角を占める強い意図を持っていたに違いない。しかし江戸を長く留守にしたこともあり、江戸での一茶の葛飾派における立場はかなり微妙になってきているように見える。

葛飾派の其日庵二世馬光から葛飾派を継いだ三世素丸は一茶の旅行中に亡くなり、野逸《やいっ》が其日庵四世を継いでいる。今日庵元夢も一茶の帰った翌年には亡くなっているから、一茶を引き立てた葛飾派の長老素丸、元夢の力に頼るわけにはいかなくなっていた。享和元年の其日庵歳旦帖には一茶は出句している。しかし、一茶が江戸に帰った三年後の享和二年には、野逸は退いて白芹《はくきん》が其日庵五世を継いだようである。文化三年の記事に野逸と金町に遊ぶという記事も見える。野逸は文化四年一月没しており、その年の三月に白芹の正式な五世襲名披露は行われている。文化年代の葛飾派は白芹の世となって行くが、一茶と白芹の接点はあまり見えてこない。むしろ白芹が一茶を排除したという記事も見える。関西で箔をつけてきた一茶は白芹にとってうっとうしい存在だったに違いない。

これは後の文化九年のことであるが、葛飾派の俳人一峨《いちが》が元夢十三回忌に当たり、今日庵再興記念集『何袋《なにぶくろ》』を上梓した。今日庵は素堂の庵号で、元夢がその名跡を継いでいた。一茶が一峨の志を助けるため、発起人となって成就させている。そのことが宗家に無断で行われたとして白芹から詰問を受けたらしい。そのこともあってか、葛飾派の系図には一茶に対して、「文化年中一派の規矩《きく》を過つによって白芹翁永く風交を絶す」とあるという。白芹は一門の結束を守るため、厳しい処分を断行したという。白芹は日本橋で宿屋を営んでいた。一茶は寛政十一年には二六庵を公称していたが、その三年後からは使用していないというから風交を断つというような関係への伏線はあったと思われる。白芹にとって二六庵や今日庵が幅を利かすようになるのは結束の乱れに通じかねない。家元的な格式を重んじるようになっていた其日庵の俳風は、一茶にとって次第に敷居の高いものになっていったであろう。しかし一茶の野望は既にもっと次元の高い所を見据えるようになっていたと思う。

葛飾派にとどまらず、『さらば笠』を出したことで一茶は江戸俳壇に確かな一歩を踏み出したように見える。特定の流派には属さなかったが、江戸俳壇に重きをなしていた夏目成美《せいび》の支持を得たことは一茶にとって大変な幸運といってよかった。成美は蔵前の富裕な札差で、終生一茶の庇護者であり、よき理解者であり続けた。成美と元夢とは付き合いがあったようである。成美のみならず一茶の交友は、松窓乙二《しょうそうおつに》、鈴木道彦、建部巣兆《たけべそうちょう》など江戸俳壇の実力者などへと広がっている。

江戸での宗匠生活に踏み出そうとしていた矢先の享和元年、郷里の父の病が重くなったようでこの年の三月、一茶は柏原へ帰る。一茶は懸命に看病しているが、五月には没した。この一部始終を記したのが『父の終焉日記』である。重い病人を前にしての継母や弟との看病をめぐる反目、諍《いさか》いは凄まじいまでの迫力を持っており、これまでの継母に対する鬱屈した思いが一度に噴出した感じである。おそらく日記は日々記されていたと思われるが、かなり緊密に構成されているところから、後年独立した作品とするため手を加えて現在の形としたものとみられている。それは言うまでもなく、自分も遺産相続を受ける権利のある人間であることを示す父の遺言の存在を明らかにすることであった。

『終焉日記』には先ず最初の方に、「孤の我が身の行末を案じ給ひてんや、いささか(の)所領、はらからと二つ分けにして与へんとて、くるしき息の下より指図なし給ふに、『先づ中嶋てふ田と、河原てふ田を弟に付属せん』とありけるに、仙六心に染まざりけん、父の仰せにそぶく。其の日父と仙六いさかひして、事止みぬ」という記述がある。それから半月ほどして、病も差し迫った時、「われ往生ばしとげなば、我が申す通り妻して、汝此の国を遠ざかることなかれ。死後たりともそぶくな」という言葉が記される。初七日も終り、最後の段に至って、父が妻むかえしてとどまるように言った遺言に背くのも本意ないので、所有地を分配することを話し合ったが、「父の遺言を守るとなれば、母屋の人のさしずに任せて、其の日はやみぬ」と記し、

父ありて明けぼの見たし青田原

の句で終っている。

父の葬儀を済ませた後、一茶は江戸に帰り、その後父の七回忌の文化四年まで郷里に帰っていない。おそらく父の亡くなる時点では遺産を相続し、帰郷することは差し迫った問題として意識されていたとは思えない。一茶の願いは江戸での宗匠としての地歩を築くことにあったはずだ。故郷に錦を飾るのでない帰郷は挫折以外にない。父の死という現実と遺言が帰郷の思いに火を点けたに違いない。一茶は父の没後から毎年村に役金(大凡二万五千円ほど)を納めて村民権を確保していたというからいずれは帰郷をと考えていたのは事実であろう。

一茶が俳句を始めた頃、伊那出身の大島蓼太《りょうた》が大変な勢力を築いていた。蓼太は嵐雪《らんせつ》の雪中庵を継ぎ、芭蕉顕彰に力を尽くしていて、葛飾派とも近かった。俳書二百余の編集に関わり、門弟三千人とも言われる。また父と兄が信州上田藩士であった加舎白雄《かやしらお》は江戸で春秋庵を興し、『加佐里那止《かざりなし》』などの俳論や芭蕉を慕う作風で多くの門弟を擁していた。一茶はこのような同郷の先達の道を強く意識したに違いない。

江戸に戻ってからの一茶の住まいは居候的な仮寓で、ついに一家を構えることなく家なしの嘆きをかこつばかりであったが、享和三年には本所大島の愛宕《あたご》社に住んでいたようで、「享和句帖」の見返しには「愛宕社別当一茶園雲外」の署名が見える。別当といってもその役割を果していたと思えず、仮寓であったろう。この頃は腰を据えて俳句に取り組む気持を強く持ったようで、『詩経』の講読に通っているし、『詩経』の詩句を前書に置いた発句を沢山作っている。また古歌を随分勉強しており、その様子が日記の記事にみえる。しかし、文化元年には愛宕神社の別当寺の法印が遷化して立ち退きを迫られ、追い出されている。この時期の家なしの心細さを詠んだ句を幾つか挙げてみよう。

門松やひとりし聞けば夜の雨　　享和二年
夕桜家ある人はとく帰る　　〃　三年

秋寒や行く先々は人の家　享和三年

秋立つや身はならはしのよ所《そ》の窓　文化元年

春立つや四十三年人の飯　〃

一日も我が家ほしさよ梅の花　〃

四、女流門人の登場

一茶には松井という気の置けない宿があり、また流山にも裕福な弟子がいたが、取りあえずは家を探さねばならない。立ち退いた後は、いつものように馬橋、流山から常陸の方を回ったり、上総の富津《ふっつ》を回ったりしているから、資金集めも兼ねた弟子巡りである。享和二年には富津の理正（名主）である織本家の未亡人花嬌《かきょう》が入門している。織本家は代々醸造業を営む豪商であるが、花嬌の夫は寛政六年に亡くなっており、花嬌は未亡人となっていて、身代を入婿に譲り、蓼太門として俳諧に親しんでいたようである。花嬌入門は一茶にとってこの上ない朗報であった。それはまた一茶にとって初めての女流門人の登場である。その時の書状には南鐐《なんりょう》一片が入っていたようであるが、村松友次氏によるとこれは現在の価格に換算して二万五千円相当という（『一茶の手紙』）。富津や木更津には葛飾派俳人が多く、花嬌の入門はなによりも門人開拓の大きな支えとなってくれるはずだからであり、それは富津方面で、一茶を受け入れる気分が盛り上がっていたことも示している。翌享和三年には、一茶は横須賀や富津方面を三回にわたって訪問している。花嬌に初めて接した一茶はどうやらその容姿に心を奪われてしまったらしい。女性関係はこれまで一茶にはほとんど無縁のものであっただけにとりわけ関心を引く。大場俊助氏の『一茶の愛と死』はこの視点から徹底的に一茶の恋情を追求した本で話題を呼んだが、よく調べているものの思い入れが強すぎる感じである。

六月の訪問時には次のような句が見える。

美しき団扇持ちけり未亡人　享和三年
我星はどこに旅寝や天の川　〃
天の川都のうつけ泣くやらん　〃
近よれば祟る榎ぞ秋の暮　〃

矢羽勝幸氏の『一茶の新研究—人と文学』(東洋書院　二〇〇四年)によれば、寛政九年の雪中庵完来《かんらい》編『旦暮帖《たんぼ》』に、

初孫をまうけて嬉しき春をむかふ

若水やうつす笑顔も神ごころ　　花嬌

の句があるとのことであり、村松友次氏は俳歴などから四十一歳の一茶より十数年年上だったろうとしている。ともあれ一茶は疑いなくその美しさに心を奪われたようである。未亡人というところが微妙である。天の川での牽牛《けんぎゅう》、織女の出会いをはかなく追い求めながらもその人に恋情を抱いて近寄ってはならないと自戒する。

十月の富津行きでは、

故ありてさはらぬ木なり夕涼み　　享和三年

さはつてもとがむる木なり夕涼み　　〃

のような句があり、それぞれ『詩経』の国風の詩、「甘棠《かんとう》」、「漢廣」、の前書がある。この旅では、近寄ることへの自戒の思いが強い。弟子になったとはいえ、あってはならぬ関係であることを噛みしめている。

文化元年は甲子《かっし》革令に当たっており、「文化句帖」の巻頭には、「今歳革命ノ年ト称ス。ツ

ラツラ四十二年間他国ニ星霜ヲ送ル」と記している。芭蕉の「甲子吟行」が頭に去来したであろう。この一月には、

三とせ見し梢の雨やかへる雁
わが恋はさらしな山ぞかへる雁

という句が見える。愛宕社の別当を名乗ってみたものの、その立場がいかに不安定なものであったかは、先に書いたように五月には愛宕社を立ち退かされているのである。住む当てもなく、帰雁に寄せて故郷への思いを詠んでいる。父を亡くし、根無し草の孤独の境涯の身が思われて、故郷が甦ったのであろう。帰雁でも「わが恋は」の句は微妙である。更科山は田ごとの月や、姨捨《おばすて》山などの名所として知られている信州の山である。自分の恋は美しい月を眺めるように遥かな遠さにあるというように読めるし、恋する年上の人を捨てて故郷へ帰るほかないというようにも読める、いずれにしても一茶に「わが恋」の句があることが目を引く。

宿を追われた一茶は六月には木更津へ行き、選擇《せんちゃく》寺に十泊ほどして、七月には富津に入り、体調を崩したりして大乗寺に二十三泊している。折から上総では七夕を迎えていた。

我が星は上総の空をうろつくか
木に鳴くはやもめ烏や天の川
山里や踊りも知らで年のよる

彦星は織女を求めて天の川をうろつくほかないと詠み、やもめ烏の嘆きを詠む。一茶は花嬌を思うにつけ、これまで独り暮らしのまま老いてきた自分をしみじみ省みたのであろう。

あのやうに我も老いしか秋の蝶
秋の風蟬もふつふつおしと鳴く

花嬌も老いを隠せない年齢になっていたのであろう。ふつふつと富津への思いを残して一茶は江戸へ帰る。

宿無しの一茶であったが、この元年の十月ようやく隅田川に近い相生町《あいおい》に家を借りて住むことが出来るようになった。富津から帰って間もなく、木更津出身の祇兵《ぎへい》と家を見に行き決めたようである。一茶にとって初めての一戸建て庭付きの家である。「家財流山より来」として、

見なじまぬ竹の夕《ゆふべ》やはつ時雨

の句を残しているから、流山の最大の庇護者秋元双樹の配慮もあって実現したのであろう。双樹は大変な資産家で、一茶に傾倒し、面倒をよく見ている。「急逓紀」の記録では双樹が一番多い。現在秋元家は一茶双樹記念館として一茶の資料などを展示している。家を決めた五日目には花嬌から書簡が届いている。「急逓紀」には、

うり家に吹かれて立てり櫨紅葉

という花嬌の句が記されている。花嬌は家なし一茶のことを気遣ってくれていてこの句を添えたのであろうか。一茶の花嬌への思いは複雑で、十一月の日記には、論語の、「唯女子ト小人トハ養ヒ難シ。之ヲ近ヅクレバ不遜、之ヲ遠ザクレバ即チ怨ム」という言葉を記したり、

淋しさは得心しても窓の霜

という句を残している。
文化二年には新しい家で正月を迎える。歳旦吟の、

欠鍋も旭さすなり是も春

は、貧しいながらも春を祝うが、「人心ハ山川ヨリモ険シ」と記したりして、

家もはや捨てたくなりぬ春霞

のような句が見える。二月には返信であろうか花嬌への手紙を出す。どのような手紙が来て、どのような返信を認めたのであろうか。

一茶は家を借りた文化元年頃には、月並俳諧を始めていたようで、わずかながら元年と二年の「一茶園月並」という資料が残っている。冊子を発行して月々句を募集するもので、点者としての宗匠を目指すための一歩といってよい。興味深いことは、この投稿者に双樹や心友の耕舜《こうしゅん》は分かるとして、花嬌や徳阿《とくあ》、文東の名前が見えることである。徳阿は富津の大乗寺の僧であり、文東は藩医で二人とも富津俳壇の長老である。このことを考えると「一茶園月並」は愛

宕山での一茶園雲外時代から始めていたのかもしれない。それが花嬌の入門のきっかけではなかったろうか。その資料が僅かに反故の形でしか残されていないのは惜しまれる。

家を構えたことで常総などの俳人たちも訪れるようになり、木更津の名主雨十《うじゅう》の顔なども見え、白雄門の巣兆なども顔を出している。道彦と乙二と連れ立って巣兆を見舞いに行った記事も見える。注目してよいことは、柏原の本陣の息、桂国、観国が訪れるようになったり、柏原の酒屋中村与右衛門の息子二竹が出入りするようになったことである。与衛門は柏原で俳諧を教えていた若翁の弟子で俳号を平湖といった。一茶は『さらば笠』を平湖に送っていたようで、寛政十二年の平湖宛の書簡がある。二竹については高橋敏氏の『一茶の相続争い』(岩波書店　二〇一七年)に興味深い話が載っている。一茶の菩提寺明専《みょうせん》寺の住職が二十九歳で急死し、未亡人と二竹が恋に落ちるが、その結婚が村の総反発にあい、二竹は柏原を離れざるを得なくなったという。一茶が二竹の易の占いをしているところが興味深い。二竹はその後消息を絶ったという。

家を構えたとはいえ、一茶は相変わらず俳諧遊民的な生活から抜け出せないでいた。成美の援助を受けたり、常総方面の弟子巡りをして糊口をつなぐ他ない状態であった。どう見ても一茶には性格からして大勢の門弟を掌握し、君臨する宗匠としての資格があったとは思えない。将たる器は統率力ばかりでなく、経営的な感覚も必要であるし、世俗を受け入れる包容力も必要であろう。

文化二年の七月には船で上総を訪れ、富津の大乗寺を拠点として金谷《かなや》、元名《もとな》、百首《ひゃくしゅ》などをめぐり、都合十四泊して江戸に帰っている。しかし窮乏は飢餓に瀕するまでに一茶を追い詰めていた。この年には、

雨ふるや翌《あす》から榾《ほだ》の当てもなき
きつつきの死ねとてたたく柱かな
大年や我はいつ行く寺の鐘

という句を残していたが、この暮は死がちらつくほどに追い詰められた時期だったと思う。時には糊口の資は尽き、他家に食を乞い歩く状態であった。

文化三年の歳旦の作は、よく引かれる、

遊民遊民とかしこき人に叱られても、今さらせんすべなく
また今年娑婆塞《ふさ》げぞよ草の家

の句である。この時期、異学の禁があって儒教的規制が強められ、後に士農工商とされるような枠から外れた定職のない人間は遊民として肩身の狭い立場にあった。改めて触れたいが、農民一茶にとって耕さぬ罪はずっとついてまわっている。俳諧によって立つとはどういうことであろうか。一茶はひたすら芭蕉を追うしか答えはなかったろう。

四月には下総の流山方面を回り、五月には船で木更津から富津に入る。日記に、「六日晴　富津入　文東来。七日晴　文東・花嬌来」と見える。そして、「八日晴　南風」として、

目出度さは上総の蚊にも喰はれけり
細々と蚊やり目出度き舎《やど》りかな
庵の蠅何をうろうろ長らふる

という句が見える。宿は徳阿上人のいる大乗寺であろうか。一茶は俳諧の座で花嬌と会ってはいるが、花嬌が一茶の宿を訪ねてくれたことはよほど嬉しかったにちがいない。文東は藩医で、馬光門の俳人として知られている。この旅は富津に六泊した後、勝山の浄蓮寺に八泊して、金谷から浦賀に渡っている。

浦賀では専福寺に、二十四年前の天明二年六月に亡くなった香誉夏月明寿信女の墓参をし

たことが記されるが、この女性は若い一茶が浦賀の俳諧仲間と修行した時期に恋した女性ではないかと大場氏は推量している。恋をする若い一茶がいたのである。一茶の女性観を知る手がかりはほとんど無いが、文化元年の「破戒僧」という文章は興味深い。女犯で日本橋に晒された円覚寺の僧についてのもので、「余所目さへいとほしく、にがにがしくぞ侍る。」として、

雪汁のかかる地びたに和尚顔

の句を添えている。

文化四年には一茶の十年来の友である耕舜が亡くなり、長文の「耕舜先生挽歌」という文章を書いている。譏《そしり》に遭い、武家を捨てて葛飾のほとりで寺子屋の師匠として生計を立てていた浪人で、よほど気心が合ったと見え、「一日逢はざれば百日の思ひをなす」ほどの友人で、真情のこもった文章である。耕舜は「一茶園月並」にも名前があった。終りに、

此次は我が身の上かなく烏

の句を置いている。

文化四年は父の七回忌のため、六月には江戸を発ち郷里に帰るが、ここから足掛け八年に及ぶ壮絶な遺産相続の争いへと入る。そのことは改めて触れるとして、ここでは花嬌との関わりを追いたい。日記に、「一金百疋入、富津、二月二日とどく」とあり、花嬌からのものと思われる。これは帰郷への見舞いの意味もあろうか。五月には富津に入っているから帰郷の挨拶の意味であったろう。帰郷にあたっては借家の家財を整理したり、文書類は流山や常宿の松井の家に預けたようである。この年は実家との話し合いがつかず、十一月には帰っている。

翌文化五年は五月に富津に入っているが、六月に富津の子盛宛《しせい》に、一書一通として「白ちりめん切入」を贈っているところが眼を引く。子盛は花嬌の娘曽和《そわ》の入り婿というから、曽和に子供でも生まれたのであろうか。貧しい一茶が花嬌の孫の誕生に祝いの品を贈っているのである。この年、五月には帰郷の途につき、十一月には村役人立会いのもとに、亡父遺産分配の取り決めが行われた。

明けて文化六年には、一茶の花嬌との最後の出会いとなった華やかな舞台が待っていた。この年、一月から二月末まで下総を回り、三月三日には富津に入った。そして花嬌の対湖庵で五吟歌仙が巻かれる。連衆は花嬌と文東、一茶、徳阿、子盛の五人である。この庵の湖は潮の誤りのようで、海を見下ろすような丘の離れの庵であった。発句は花嬌で、文東、一茶、徳阿と続くが、句数は花嬌が十一、文東が十一、一茶八、徳阿四、子盛二となっている。発句はふつう客に求められるのが習いであるが、花嬌が発句を詠んでいるところを見ると、入婿子盛の披露の句座のように思える。文東は七十三歳の高齢であった。
一茶句に花嬌の付けがあるので、表四句を挙げてみたい。

かい曲り寝て見る藤の咲にけり　花嬌
薪《き》をわる音に春の暮れ行く　文東
細長い山のはづれに雉子啼いて　一茶
鍋ぶた程にいづる夕月　花嬌

花嬌は翌年の四月には亡くなっているから、「寝て見る」は衰えた様子を伝える感じがある。文東の付けは暮れ行く山村の雰囲気を音で捉え、一茶は雉の鳴く遠景へと転じている。この歌仙で一茶が花嬌句に付けた個所はないが、花嬌が一茶句に付けている処が五ヵ所ある。花嬌の付けを二ヵ所挙げてみたい。名残の表三句目。

なでしこの花すり衣きる時ぞ　一茶
念仏《ねぶつ》申て蚊に喰はれけり　花嬌

次は名残の表十一句目。

名月の出雲の国にふみこんで　一茶
菜さへ松さへ霧臭くなる　花嬌

一茶の思いを誘うような句に対して花嬌の付けは鍋ぶたや蚊が出たり、霧臭いなど風流に欠けるのはいささか衰えを感じさせてさびしい。一茶のは名月が出雲の国に踏み込むなど大胆な発想である。

この歌仙の裏九句目からは、子盛、一茶、花嬌、子盛と続く一連があり、子盛を披露する場となっている。その四句を引いてみる。

瘦骨の節々しみる風吹て　子盛
彼岸の鐘のどひやうしに鳴る　一茶

豆腐殻《がら》花のさかりにけぶりけり　花嬌
　大薙刀《なぎがたな》にかかる春雨　子盛

子盛の二句は、痩骨が出たり、大長刀が出たりと気負っている。歌仙には恋の句が二ヵ所求められ、それも二句続くことが原則となっている。この歌仙では二ヵ所とも一茶が出しており、徳阿と花嬌が付けているので引いてみよう。裏四句目、

　糸を染め〳〵待人もなし　一茶
暁の小川に夢を流すなり　徳阿

名残の表六句目、

　節句序《つい》でに嫁披露する　一茶
薄縁りの裏におかしく（物）書て　花嬌

この二組の恋である。最初の一茶句「待人」と徳阿句「夢」が恋の詞で、徳阿の付けは巧みである。次の一茶句は嫁が恋の詞であるが、花嬌句には恋の詞がない。「物」を消してあるのは決めかねたのであろうか。「眉」なら恋となるが、いささかそぐわない。

この日は歌仙の後、「即題」の句会を催し、翌日も句会をもっている。翌日の一茶の句、

蝶とぶや此の世に望みないやうに

は、最後の対面となったことを予感させるような趣がある。花嬌は翌年に亡くなっており、衰えは目立っていたのであろう。

この文化六年は前年に遺産問題が一応の決着が付いて、家無しの天涯孤独を強いられた一茶としては前途に目途が立った時期にあたっている。その年も柏原に帰るが、暮には江戸に戻り、借家を探している。花嬌が亡くなったのは翌文化七年四月三日で、一茶は下総方面を回っていて、その地で花嬌の死を知ったようである。四月の日記に、

生きて居るばかりぞ我とけしの花

の句が見え、また肖柏の、

大かたは誰もはかなし受がたき人の身とだにしらで過ぎぬる

という歌を書き付けている。

五月には柏原に帰り、家の分割など具体的な交渉に入ろうとしている。しかし、我が家に入ったが、「素湯ひとつとも云ざれば、そこそこにして出る」というような状態で、六月には江戸に帰っている。

七月十三日には花嬌の百ヶ日の法要が大乗寺であり、一茶は出席した。「日記」には、

百ヶ日花嬌仏

草花やいふもかたるも秋の風
蕣《あさがほ》の花もきのふのきのふ哉

という句を記す。この月には、

郵便はがき

料金受取人払

諏訪支店承認

2

差出有効期間
平成31年11月
末日まで有効

392-8790

〔受取人〕

長野県諏訪市四賀229-1

鳥影社編集室

愛読者係　行

ご住所	〒□□□-□□□□
お名前《フリガナ》	
お電話番号	(　　　　)　　　　-
ご職業・勤務先・学校名	
eメールアドレス	
お買い上げになった書店名	

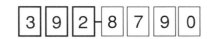

鳥影社愛読者カード

このカードは出版の参考にさせていただきますので、皆様のご意見・ご感想をお聞かせください。

書名	

① 本書を何でお知りになりましたか？

i．書店で
ii．広告で（　　　　　　　　　　）
iii．書評で（　　　　　　　　　　）
iv．人にすすめられて
v．DMで
vi．その他（　　　　　　　　　　）

② 本書・著者へご意見・感想などお聞かせ下さい。

③ 最近読んで、よかったと思う本を教えてください。

④ 現在、どんな作家に興味をおもちですか？

⑤ 現在、ご購読されている新聞・雑誌名

⑥ 今後、どのような本をお読みになりたいですか？

◇購入申込書◇

書名　　　　　　　　¥　　　　　（　　）部

書名　　　　　　　　¥　　　　　（　　）部

書名　　　　　　　　¥　　　　　（　　）部

鳥影社出版案内

2018

イラスト／奥村かよこ

choeisha
文藝・学術出版 鳥影社

〒160-0023 東京都新宿区西新宿 3-5-12 トーカン新宿 7F

TEL 03-5948-6470 FAX 03-5948-6471（東京営業所）

〒392-0012 長野県諏訪市四賀 229-1（本社・編集室）

TEL 0266-53-2903 FAX 0266-58-6771 郵便振替 00190-6-88230

ホームページ www.choeisha.com メール order@choeisha.com

お求めはお近くの書店または弊社（03-5948-6470）へ

弊社への注文は 1 冊から送料無料にてお届けいたします

＊新刊・話題作

地蔵千年、花百年
柴田 翔（読売新聞・サンデー毎日で紹介）

芥川賞受賞『されど われらが日々―』から約半世紀。約30年ぶりの新作長編小説。戦後からの時空と永遠を描く。1800円

老兵は死なず　マッカーサーの生涯
ジェフリー・ペレット／林 義勝他訳

かつて日本に君臨した唯一のアメリカ人、生まれから大統領選挑戦にいたる知られざる全貌の決定版・1200頁。5800円

新訳金瓶梅（全三巻予定）
田中智行訳（二〇一八年上巻発売予定）

三国志・水滸伝・西遊記と並び四大奇書の一つとされる金瓶梅。そのイメージを刷新する翻訳に挑んだ意欲作。詳細な訳註も。

スマホ汚染　新型複合汚染の真実
古庄弘枝

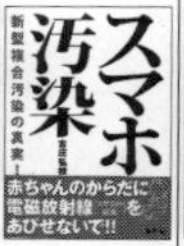

射線（スマホの電波）、神経を狂わすネオニコチノイド系農薬、遺伝子組み換え食品等から身を守るために。1600円

東西を繋ぐ白い道
森 和朗（元NHKチーフプロデューサー）

原始仏教からトランプ・カオスまで。宗教も政治も一筋の道に流れ込む壮大な歴史のドラマ。世界が直面する二河白道。2200円

低線量放射線の脅威
J・グールド、B・ゴールドマン／今井清一・今井良一訳

低線量放射線と心疾患、ガン、感染症による死亡率がどのようにかかわるのかを膨大なデータをもとに明らかにする。1900円

シングルトン
エリック・クライネンバーグ／白川貴子訳

一人で暮らす「シングルトン」が世界中で急上昇。このセンセーショナルな現実を検証する欧米有力誌で絶賛された衝撃の書。1800円

詩に映るゲーテの生涯（復刻版）
柴田 翔（二〇一八年発売予定）

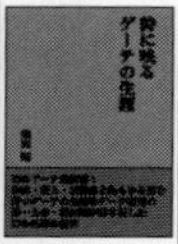

ゲーテの人生をその詩から読み解いた幻の名著の復活。ゲーテ研究・翻訳の第一人者柴田翔によるゲーテ論の集大成的作品。

改訂版 **文明のサスティナビリティ**　野田正治

枯渇する化石燃料に頼らず、社会を動かすエネルギーを生み出すことの出来る社会を考える。1800円

自然と共同体に開かれた学び　荻原 彰
―もうひとつの教育・もうひとつの社会―

高度成長期と比べ大きく変容した社会、自我。自然と共同体の繋りを取り戻す教育が重要と説く。1800円

インディアンにならなイカ!?　太田幸昌

先住民の島に住みついて、倒壊寸前のホステルで孤軍奮闘。自然と人間の仰天エピソード。1300円

愛知ふるさと素描　河村アキラ

『名古屋ふるさと素描』に、新たに 40 枚を追加。愛知県内各地に残されたニッポンの消えゆく庶民の原風景を描く。1800 円

純文学宣言
季刊文科 25～75（61より各1500円）

〈編集委員〉青木健、伊藤氏貴、勝又浩、佐藤洋二郎、富岡幸一郎、中沢けい、松本徹、津村節子

【文学の本質を次世代に伝え、かつ純文学の孤塁を守りつつ、文学の復権を目指す文芸誌】

アルザスワイン街道
―お気に入りの蔵をめぐる旅―
森本育子（2刷）

アルザスを知らないなんて！　フランスの魅力はなんといっても豊かな地方のバリエーションにつきる。　1800円

ヨーロピアンアンティーク大百科
英国・リージェント美術アカデミー編／白須賀元樹訳

英国オークションハウスの老舗サザビーズのエキスパートたちがアンティークのノウハウをすべて公開。　5715円

環境教育論
―現代社会と生活環境―
今井清一／今井良一

環境教育は消費者教育。日本の食品添加物1894種に対し英国は14種。原発輸出も事故負担は日本持ち。　2200円

心のエコロジー
交流分析・ストローク　エコノミー法則の打破
クロード・スタイナー（物語）／小林雅美著／奥村かよこ絵

世界中で人気の心理童話に、心理カウンセラーが解説を加え、今の社会に欠けている豊かな人間関係のあり方を伝授。　1200円

中世ラテン語動物叙事詩　イセングリムス
―狼と狐の物語―
丑田弘忍訳

封建制とキリスト教との桎梏のもとで中世ヨーロッパ人を活写、聖職者をはじめ支配階級を鋭く諷刺。本邦初訳。　2800円

ディドロ　自然と藝術
冨田和男

ディドロの思想を自然哲学的分野と美学的分野に分けて考察を進め、二つの分野の複合性を明らかにしてその融合をめざす。　3800円

ダークサイド・オブ・ザ・ムーン
マルティン・ズーター／相田かずき訳

世界を熱狂させたピンク・フロイドの魂がここに甦る。ドイツ人気No.1俳優M・ブライトロイ主演映画原作小説。　1600円

フランス・イタリア紀行
トバイアス・スモレット／根岸彰訳

十八世紀欧州社会と当時のグランドツアーの実態を描き、米国旅行誌が史上最良の旅行書の一冊に選定。発刊から250年、待望の完訳。　2800円

ヨーゼフ・ロート小説集
平田達治
佐藤康彦　訳

第一巻　優等生、バルバラ、立身出世
　サヴォイホテル、曇った鏡　他
第二巻　ヨブ・ある平凡な男のロマン
　タラバス・この世の客
第三巻　殺人者の告白、偽りの分銅・計量検査官の物語、美の勝利
第四巻　皇帝廟、千二夜物語、レヴィアタン（珊瑚商人譚）
別　巻　ラデツキー行進曲（2600円）
四六判・上製／平均480頁　3700円

ローベルト・ヴァルザー作品集
新本史斉／若林恵／F・ヒンターエーダー＝エムデ訳

カフカ、ベンヤミン、ムージルから現代作家にいたるまで大きな影響をあたえる。

1　タンナー兄弟姉妹
2　助手
3　長編小説と散文集
4　散文小品集Ⅰ
5　盗賊／散文小品集Ⅱ

四六判、上製／各巻2600円

＊歴史

千少庵茶室大図解
長尾 晃（美術研究・建築家）

利休・織部・遠州好みの真相とは？ 国宝茶室「待庵」は、本当に千利休作なのか？ 不遇の天才茶人の実像に迫る。 2200円

飛鳥の暗号
野田正治（建築家）

三輪山などの神山・宮殿・仏教寺院・古墳をむすぶ軸線の物理的事実により明らかになる飛鳥時代の実像。 1800円

桃山の美濃古陶 古田織部の美
西村克也／久野 治

古田織部の指導で誕生した美濃古陶の未発表の伝世作品の逸品約90点をカラーで紹介。桃山茶陶歴史年表、茶人列伝も収録。 3600円

剣客斎藤弥九郎伝
木村紀八郎（二刷）

幕末激動の世を最後の剣客が奔る。その知られざる生涯を描く、はじめての本格評伝！ 1900円

和歌と王朝 勅撰集のドラマを追う
松林尚志（全国各紙書評で紹介）

「新古今和歌集」「風雅和歌集」など、南北朝前後に成立した勅撰集の背後に隠された波瀾の歴史を読む。 1800円

秀吉の忠臣 田中吉政とその時代
田中建彦・充恵

優れた行政官として秀吉を支え続けた田中吉政の生涯を掘りおこす。カバー肖像は著者の田中家に伝わる。 1600円

西行 わが心の行方
松本 徹

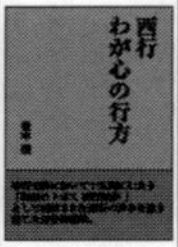

季刊文科で物語のトポス西行随歩として十五回にわたり連載された西行ゆかりの地を巡り論じた評論的随筆作品。 予価1600円

加治時次郎の生涯とその時代
大牟田太朗

明治大正期、セーフティーネットのない時代に、窮民済生に命をかけた医師の本格的人物伝！ 2800円

浦賀与力中島三郎助伝 木村紀八郎
幕末という岐路に先見と至誠をもって生き抜いた最後の武士の初の本格評伝。 2200円

軍艦奉行木村摂津守伝 木村紀八郎
若くして名利を求めず隠居、福沢諭吉が終生敬愛したというサムライの生涯。 2200円

南の悪魔フェリッペ二世 伊東 章
スペインの世紀といわれる百年が世界のすべてを変えた。 黄金世紀の虚実1 1900円

不滅の帝王カルロス五世 伊東 章
世界のグローバル化に警鐘。平和を望んだ偉大な帝王が続けた戦争。 黄金世紀の虚実2 1900円

フランク人の事蹟 第一回十字軍年代記
丑田弘忍訳 第一次十字軍に実際に参加した三人の年代記作家による異なる視点の記録。 2800円

大村益次郎伝 木村紀八郎
長州征討、戊辰戦争で長州軍を率いて幕府軍を撃破した天才軍略家の生涯を描く。 2200円

新版 日蓮の思想と生涯 須田晴夫
日蓮が生きた時代状況と、思想の展開を総合的に考察。日蓮仏法の案内書！ 3500円

古事記新解釈 南九州方言で読み解く神代
飯野武夫／飯野布志夫 編 『古事記』上巻は南九州の方言で読み解ける。 4800円

夏目漱石 『猫』から『明暗』まで

平岡敏夫（週刊読書人他で紹介）

漱石文学は時代とのたたかいの所産であるゆえに、作品には微かな〈哀傷〉が漂う。新たな漱石を描き出す論集。2800円

赤彦とアララギ —中原静子と太田喜志子をめぐって

福田はるか（読売新聞書評）

悩み苦しみながら伴走した妻不二子、畏敬と思慕で生き通した中原静子、門に入らず自力で成長した太田喜志子。2800円

ドストエフスキーの作家像

木下豊房（東京新聞で紹介）

二葉亭四迷から小林秀雄・椎名麟三、武田泰淳、埴谷雄高などにいたる正統的な受容を跡づけ、この古典作家の文学の本質に迫る。3800円

ピエールとリュス

ロマン・ロラン／三木原浩史 訳

1918年パリ。ドイツ軍の空爆の下でめぐりあった二人。ロラン作品のなかでも、今なお、愛され続ける名作の新訳と解説。1600円

中上健次論（全三巻）

（第一巻 死者の声から、声なき死者へ）（第二巻 父の名の否〈ノン〉、あるいは資本の到来）（第三巻 幻想の村から）

戦死者の声が支配する戦後民主主義を描く大江健三郎に対し声なき死者と格闘し自己の世界を確立していった初期作品を読む。各3200円

季刊文科セレクション

季刊文科編集部 編著

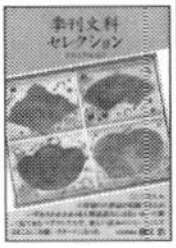

八人のベテラン同人雑誌作家たちによる至極の八作品を収録した作品集。巻末に勝又浩氏による解説を収録。1800円

釈尊の悟り —自己と世界の真実のすがた

吉野 博

最古の仏教聖典「スッタニパータ」の詩句、悟りを開いた日本・中国の禅師、インドの聖者の言葉を中心にすべての真相を明らかにする。1500円

呉越春秋 戦場の花影

藤生純一

中国古代の四大美人の一人たる西施。彼女を呉国の宮廷に送り込んだ越の范蠡。二人の愛と運命を描いた壮大なロマン。2800円

「へうげもの」で話題の“古田織部三部作”

久野 治（NHK、BS11など歴史番組に出演）

新訂 古田織部の世界 2800円

千利休から古田織部へ 2200円

改訂 古田織部とその周辺 2800円

ドイツ詩を読む愉しみ

森泉朋子編訳

ゲーテからブレヒトまで 時代を経てなお輝き続ける珠玉の五〇編とエッセイ。1600円

ドイツ文化を担った女性たち

その活躍の軌跡 ゲルマニスティネンの会編

（光末紀子、奈倉洋子、宮本絢子）2800円

芸術に関する幻想

W・H・ヴァッケンローダー

毛利真実 訳 デューラーに対する敬虔、ラファエロ、ミケランジェロ、そして音楽。1500円

＊ドイツ語圏関係他

ニーベルンゲンの歌
岡﨑忠弘 訳 （週刊読書人で紹介）

『ファウスト』とともにドイツ文学の双璧をなす英雄叙事詩を綿密な翻訳により待望の完全新訳。詳細な訳註と解説付。　5800円

ペーター・フーヘルの世界 ―その人生と作品
斉藤寿雄 （週刊読書人で紹介）

旧東ドイツの代表的詩人の困難に満ちたその生涯を紹介し、作品解釈をつけ、主要な詩の翻訳をまとめた画期的書。　2800円

エロスの系譜―古代の神話から魔女信仰まで
A・ライプブラント＝ヴェトライ　W・ライプブラント
鎌田道生　孟真理　訳

男と女、この二つの性の出会いと戦いの歴史。西洋の文化と精神における愛を多岐に亘る文献を駆使し文化史的に語る。　6500円

生きられた言葉
―ラインホルト・シュナイダーの生涯と作品―
下村喜八

シュヴァイツァーと共に20世紀の良心と称えられた、その生涯と思想をはじめて本格的に紹介する。　2500円

ヘルダーのビルドゥング思想
濱田 真

ドイツ語のビルドゥングは「教養」「教育」という訳語を超えた奥行きを持つ。これを手がかりに思想の核心に迫る。　3600円

ゲーテ『悲劇ファウスト』を読みなおす　新妻 篤

ゲーテが約六〇年をかけて完成。すべて原文に即して内部から理解しようと研究してきた著者が明かすファウスト論。　2800円

黄金の星（ツァラトゥストラ）はこう語った　ニーチェ／小山修一 訳

邦訳から百年、分かりやすい日本語で真にニーチェをつたえ、その詩魂が味わえる新訳。　上下各1800円

『ドイツ伝説集』のコスモロジー
植 朗子

ドイツ民俗学の基底であり民間伝承蒐集の先がけとなったグリム兄弟『ドイツ伝説集』の内面的実像を明らかにする。　1800円

ハンブルク演劇論　G・E・レッシング　南大路振一 訳
アリストテレス以降の欧州演劇の本質を探る代表作。　6800円

ギュンター・グラスの世界　依岡隆児
つねに実験的方法に挑み、政治と社会から関心を失わなかったノーベル賞作家を正面から論ずる。　2800円

グリムにおける魔女とユダヤ人　奈倉洋子
―メルヒェン・伝説・神話―
グリムのメルヒェン集と伝説集を中心にその変化の実態と意味を探る。　1500円

フリードリヒ・シラー美学＝倫理学用語辞典 序説
ヴェルンリ／馬上 徳 訳　難解なシラーの基本的用語を網羅し体系化をはかり明快な解釈をほどこし全思想を概観。　2400円

新ロビンソン物語　カンペ／田尻三千夫 訳
18世紀後半、教育の世紀に生まれた「ロビンソン・クルーソー」を上回るベストセラー。　2400円

東方ユダヤ人の歴史　ハウマン／平田達治　荒島浩雅　訳
その実態と成立の歴史的背景をこれほど見事に解き明かしている本はこれまでになかった。　2600円

ポーランド旅行　デーブリーン／岸本雅之 訳
長年にわたる他国の支配を脱し、独立国家の夢を果したポーランドのありのままの姿を探る。　2400円

東ドイツ文学小史　W・エメリヒ／津村正樹 監訳
神話化から歴史へ。一つの国家の終焉はその文学の終りを意味しない。　6900円

モリエール傑作戯曲選集1
柴田耕太郎訳
（女房学校、スカパンの悪だくみ、守銭奴、タルチュフ）

画期的新訳の完成。「読み物か台詞か。その一方だけでは駄目。文語の気品と口語の平易さのベストマッチ」岡田壮平氏　2800円

イタリア映画史入門　1950～2003
J・P・ブルネッタ／川本英明訳（読売新聞書評）

映画の誕生からヴィスコンティ、フェリーニ等の巨匠、それ以降の動向まで世界映画史をふまえた決定版。　5800円

フェデリコ・フェリーニ
川本英明

イタリア文学者がフェリーニの生い立ち、青春時代、監督デビューまでの足跡、各作品の思想的背景など、巨匠のすべてを追う。　1800円

ある投票立会人の一日
イタロ・カルヴィーノ／柘植由紀美訳

奇想天外な物語を魔法のごとく生み出した作家の、二十世紀イタリア戦後社会を背景にした知られざる先駆的小説。　1800円

魂の詩人 パゾリーニ
ニコ・ナルディーニ／川本英明訳（朝日新聞書評）

常にセンセーショナルとゴシップを巻きおこした異端の天才の生涯と、詩人としての素顔に迫る決定版！　1900円

ドイツ映画
ザビーネ・ハーケ／山本佳樹訳

ドイツ映画の黎明期からの歴史に、欧州映画やハリウッドとの関係、政治経済や社会文化からその位置づけを見る。　3900円

つげ義春を読め
清水 正（読売新聞書評で紹介）

つげマンガ完全読本！　五〇編の謎をコマごとに解き明かす鮮烈批評。読売新聞書評で紹介。　4700円

雪が降るまえに
A・タルコフスキー／坂庭淳史訳（二刷出来）

詩人アルセニーの言葉の延長線上に拡がっていた世界こそ、息子アンドレイの映像作品の原風景そのものだった。　1900円

宮崎駿の時代　1941～2008　久美 薫
宮崎アニメの物語構造と主題分析、マンガ史からアニメ技術史まで宮崎駿論一千枚。　1600円

ヴィスコンティ　若菜 薫
「郵便配達は二度ベルを鳴らす」から「イノセント」まで巨匠の映像美学に迫る。　2200円

ヴィスコンティⅡ　若菜 薫
高貴なる錯乱のイマージュ。「ベリッシマ」「白夜」「前金」「熊座の淡き星影」　2200円

アンゲロプロスの瞳　若菜 薫
『旅芸人の記録』の巨匠への壮麗なるオマージュ。（二刷出来）　2800円

ジャン・ルノワールの誘惑　若菜 薫
多彩多様な映像表現とその官能的で豊饒な映像世界を踏破する。　2200円

聖タルコフスキー　若菜 薫
「映像の詩人」アンドレイ・タルコフスキー。その全容に迫る。　2000円

銀座並木座　日本映画とともに歩んだ四十五歩
嵩元友子　ようこそ並木座へ、ちいさな映画館をめぐるとっておきの物語　1800円

フィルムノワールの時代　新井達夫
人の心の闇を描いた娯楽映画の数々暗い情熱に衝き動かされる人間のドラマ。　2200円

＊実用・ビジネス

AutoCAD LT 標準教科書
２０１５／２０１６／２０１７
２０１８対応（オールカラー）

中森隆道

25年以上にわたる企業講習と職業訓練校での教育実績に基づく決定版。初心者から実務者まで対応の520頁。　３４００円

AutoLISP with Dialog
（AutoCAD2013 対応版）

中森隆道

即効性を明快に証明したAutoCADプログラミングの決定版。本格的解説書。　３４００円

開運虎の巻　街頭易者の独り言

天童春樹（人相学などテレビ出演多数・増刷出来）

三十余年のべ六万人の鑑定実績。問答無用！黙って座ればあなたの身内の運命と開運法をお話しします。　１５００円

腹話術入門

花丘奈果（４刷）

大好評！　発声方法、台本づくり、手軽な人形作りまで、一人で楽しく習得出来る。台本も満載。　１８００円

南京玉すだれ入門

花丘奈果（２刷）

いつでも、どこでも、誰にでも、見て楽しく演じて楽しい元祖・大道芸。伝統芸の良さと現代的アレンジが可能。　１６００円

新訂版 交流分析エゴグラムの読み方と行動処方

植木清直／佐藤寛 編

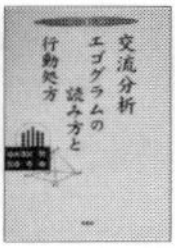

精神分析の口語版として現在多くの企業の研修に使われている交流分析の読み方をやさしく解説。　１５００円

現代アラビア語辞典
——アラビア語日本語

田中博一／スバイハット レイス 監修

本邦初１０００頁を超える本格的かつ、実用的アラビア語日本語辞典。見出し語1万語以上で例文・熟語多数。　１００００円

現代日本語アラビア語辞典

田中博一／スバイハット レイス 監修

見出し語約1万語、例文1万2千以上収録。日本人のみならず、アラビア人の使用にも配慮し、初級者から上級者まで対応のB5判。　８０００円

リーダーの人間行動学　佐藤直暁
人間分析の方法を身につけ、相手の性格を素早く的確につかむ訓練法を紹介。　１５００円

成果主義人事制度をつくる　松本順一
３０日でつくれる人事制度だから、業績向上が実現できる。（第10刷出来）　１６００円

管理職のための『心理的ゲーム』入門　佐藤寛
こじれる対人関係を防ぐ職場づくりの達人となるために。　１５００円

ロバスト　渡部慶二
ロバストとは障害にぶつかって壊れない、変動に強い社会へ七つのポイント。　１５００円

A型とB型—二つの世界　前川輝光
「A型の宗教」仏教と「B型の宗教」キリスト教を比較するなど刺激的1冊。　１５００円

決定版 真・報連相読本　糸藤正士
五段階のレベル表による新次元のビジネス展開情報によるマネジメント。（3刷）　１５００円

楽しく子育て44の急所　川上由美
これだけは伝えておきたいこと、感じたこと、考えたこと。基本的なコツ！　１２００円

初心者のための蒸気タービン　山岡勝己
原理から応用、保守点検、今後へのヒントなどベテランにも役立つ。技術者必携。　２８００円

露の世の露の中にてけんくわ哉

というよく知られた句も見える。

一茶の花嬌とのかかわりの最後となるのが、文化九年の三回忌の折である。一茶は三月下旬に船で富津に入り、四月の「花嬌三回忌」に列している。「日記」に、

四日　花嬌仏

目覚しのぼたん芍薬でありしよな
何をいふはりあひもなし芥子の花

とあり、「立てば芍薬、座れば牡丹」をうけた最大限の形容が眼を引く。一茶は仏事のあと、一ヵ月近く織本家に滞在して、花嬌の家集と追善集の編集の仕事をし遂げたようである。しかし版本は見当たらず、出版された形跡はないという。花嬌句を、「随斎筆記」から二句引いてみる。「随斎筆記」は成美が書き留めていた佳句控えで、一茶が引き継いでいた。

春風や女力の鍬に迄

昼顔や田中の塚の小豆飯

この富津行きで一茶はよく知られた次の句を残している。

亡き母や海見る度に見る度に

この句は「日記」の三月に見えるから富津に向かう船の中での句かもしれない。一茶は三歳で母を亡くしているから、母に対して思慕を抱き続けたとしても面影は求むべくもなかったろう。その思慕は花嬌との出会いによって、花嬌とだぶる形で美しい面影としてかきたてられたのではなかろうか。山国信州の母が海によって蘇っているところが微妙である。この句が無季であることも意味深い。

一茶が花嬌の美しさに心を奪われたことは確かな事実として見えてくるが、それは大場氏の説くような思い詰めた恋などではなく、宗匠としての立場を築く上の得難いパトロンの意味が大きかったと思う。しかし、江戸期の俳人としては珍しい一途な愛を示す句を残した一茶の詩人としての資質を見逃すわけにはいかない。その愛がマドンナへのプラトニックラブへと高められたことは、亡き母への思慕と重ねられたことに象徴的に示されている。

五、相続争いの決着、帰郷へ

一茶は、江戸での宗匠としての地歩を築くべく俳諧一筋の道を歩んできたものの、生活の基盤を固めることも出来ず、旅回りの寄食に近い生活を強いられてきた。享和元年、三十九歳の時、たまたま帰郷して父の臨終を看取ることになり、先に触れたように一茶の不便を案じた父の遺言を聞くことになる。妻を娶り、この国を離れるなということと、遺産の弟との分割相続で、その遺言書も受け取ったようである。しかし、このことがあった後、一茶が郷里に帰ったのはその七年後の文化四年、父の七回忌の時であった。先に書いたように父の亡くなった時点では、一茶に差し迫って帰郷する気持は無かったと思う。とはいえ相続の確証を得たことは大きな安堵をもたらしたに違いない。老い先の目途はついたので、帰郷は先のこととして、江戸での宗匠としての地歩を確かなものとすることを考えたと思う。

一茶はその頃相生町に家を借りているし、文化元年頃は、通信による月並俳諧を行っている。しかし一茶は手間のかかるそのような実務は苦手だったろうし、手足となる充分な弟子もいなかった。庵号は使っていないし、歳旦帖の記録もないようだ。御家人中心の江戸の葛飾派とは反りが合わず、地方回りで凌ぐだけである。期待した富津方面も花嬌をはじめ峠を越えた感じで多くを望めそうにない。夏目成美の知遇を得たことは幸運ともいえるめぐり合わせで、その後の一茶の江戸での俳諧活動を支えることになるが、寄食者の立場を超えることは無理である。

一茶は文化四年、父の七回忌のため帰郷するにあたり、はっきりと遺産を相続して郷里を終の住みかとする決心をしたのではないかと思う。この年の二月には葛飾派五世白芹の披露が行われている。房総方面に支持を得ても、白芹とは反りが合わず、江戸で門戸を構えることは無理だと自覚したのではなかったか。法事の席で一茶は父の遺言の実行を求めたに違いない。しかしその場では取り付く島もなかったようである。

一茶は八月、一旦江戸に帰ったが、十一月再び帰郷して交渉に臨んでいる。それもまとまるはずはなかった。遺産を等分に相続するとはいえ、一茶の離郷時に比べて田畑の石高は倍近くになっており、それを等分にするというのだから、考えてみれば随分虫のよい話に思える。私は一茶が父の遺言の実行を迫ったことに、少年時代に継母から受けた苦しみ故の怨念のようなものを感じる。

『父の終焉日記』には、病床の父と一茶との会話を聞きつけた継母の様子を、「『こなたのたからむすこ、さ程に迄愛せらるる物哉』と、忽ち瞋恚《しんい》眼に角立て、髪の毛に針を立てたるごとく逆立ち、はたと白眼《にら》みし目ざし、むべも大蛇ともなるべきおもざし也」とまで書く。一茶の表現に誇張が見られることは指摘されてきているが、この激しさは尋常ではない。継母に対する鬱積した思いが一気に噴出した感じである。継母の仕打ちを見かねて父は一茶を江戸に奉公に出した経緯がある。長子としての権利を主張することにはこの怨念を晴らす意味もあったと思う。

七月の日記に、「牛盗人トイハルルトモ、モシハ後世者、モシハ善人、モシハ仏法者トミユルヤウニ、フルマウベカラズトコソ仰セラレタリ」と蓮如上人の言葉を書き付けている。この牛盗人は一茶自身を指しているに違いない。いきなり郷里に帰り、田畑の半分を譲れと強要する一茶に、周辺の同情は仙六に集まったに違いない。一茶は盗人と言われようと、善人面《づら》など捨て去って意思を貫かねばならないと自らに言い聞かせているように思える。

再度帰郷した十一月も話はまとまらず、さまざまに思い巡らすことがあったようである。帰郷し、百姓の家を継ごうとしながら、これまで耕すこともなかった罪の意識も改めて甦ったであろう。文化二年にも「耕さぬ罪もいくばく年の暮」があったが、四年十一月には

作らずして喰ひ、織らずして着る身程《みのほど》の、行先おそろしく
鍬の罰《ばち》思ひつく夜や雁の鳴く

という句を残している。同じ時期に、

心からしなの〻雪に降られけり

の句が見え、これには、「『漢書』ニ有。若人不能留芳百年臭残百年」との添書きがある。『漢書』の引用にも驚かされるが、村松友次氏はこの意味について、俳句作者として立派な句を残す意外にない、そうでなかったら悪名だけが残るのだと解している。(『一茶の手紙』)心から信濃の雪に降られるとは、信濃人として生き抜く思いをこめた精進潔斎の心境に思えてくる。この年は結局決着がつかないまま江戸に帰っている。

翌文化五年二月には、仙六が相生町の一茶宅を菓子一袋持って訪れている。おそらく仙六は一茶に対して、相続は金銭で解決し、江戸での宗匠生活を続けて欲しいとの解決策を携えたのではないかと見られている。祖母の三十三回忌に招くことも兼ねたろう。一茶が要求に応じるはずはなかった。一茶は一月に名主中村嘉左衛門に書簡を送っているから相続につい

ての強硬な要求が記されていたろう。

一茶は六月に江戸を発ち、柏原へと向かう。七月には祖母の三十三回忌の法要が行われた。一茶はこの時、「祖母三十三回忌」の文章を残している。そこには、三歳の時母が亡くなり、老婆が不便がって貰い乳するなど母代わりに育ててくれたことで無事成長できた。ところが八歳の時、後の母が来て、「其母茨《いばら》のいらいらしき行跡《ぎやうせき》、山おろしのはげしき怒りをも、老婆袖となり垣となりて助けましませばこそ、首に雪をいただく迄、露の命消え残りて」今日の法莚《ほうえん》に逢うことが出来たと老婆への恩を記す。この文章には三句添えられており、

苦の娑婆をつくつく法師々々哉

のような句が見える。ここでも継母への怨念は露わである。

この年の十一月二十四日、念願の遺産分配についての「取極一札之事」が、村役人、親類立合の上で取り交わされた。署名は弥兵衛（仙六）、弥太郎（一茶）、弥助（本家）の三名である。田、畑は石、斗、升、勺までの細かな配分で、山は三ヶ所、家屋約半分、所帯道具一通などとなっている。一茶の田畑の石高は合計五石六斗余りで、一茶が家を出た頃の石高は三石七斗一升ほどというから、半分どころかはるかに上回っている。仙六は父と共に財産を

随分増やしていたのである。

何故このような一茶に有利な決着が可能であったのだろうか。遺書の存在が決め手となったことは当然として、一茶側の強力な助っ人の存在抜きには不可能であったろう。一茶の実母の里の宮沢徳左衛門がその人である。徳左衛門は二の倉の有力者で、交渉前、一茶は二の倉に泊まり込んだりしている。徳左衛門は一茶側を代表して交渉に当たったに違いない。

一茶は長子であり、農村では長子の相続権が優先した。一茶は好んで家を出たのではなく、継母のいじめを見かねて離さざるを得なかった事情がある。おそらく一茶の『父の終焉日記』や、「祖母三十三回忌」の文章は、一茶への同情を誘うに充分な効果があったに違いない。田畑の分割についても、あれだけ細かな地割り、石高の計算など百姓経験のない一茶に出来たとは思えない。

この決着までの期間、一茶は長沼や毛野《けの》など弟子筋を泊まり歩いているが、柏原の本陣桂国こと中村四郎兵衛の宿が一番多い。桂国は早く家督を弟の六左衛門に譲っていたが、二人で本陣を守っていた。六左衛門が観国である。桂国とは幼友達だったようで、桂国が街道の塩の運搬のことで訴訟などがあり、江戸へ出た時も一茶が世話をしている。本陣をはじめ、俳諧宗匠としての一茶を慕う人たちも増えてきていて、一茶の側につき、交渉をバックアップしたに違いない。

七月の祖母の法要から十一月の決着まで四ヵ月、厳しい話し合いが続いたはずであるが、一茶の記録は「桂国　猫の作」の愛猫記を書いたり、野尻湖を訪れたことや、菩提寺での法談に感激した話などを記すのみである。

取極一札を取り交わし、十二月に一茶は江戸に帰ったものの、相生町の家は既に他人が住んでいた。一茶はそのことを「旧巣を売る」という文章に残している。留守を頼んでいた人間がいなくなっていて、家は他人に譲られていたという内容である。長く空ける覚悟で、ある程度家財は他所に預けたわけであるから予想できたことであろう。

文化六年正月は随斎こと夏目成美の家で迎えたようで、「随斎のもとにありて　乞食一茶述」として、

元日や我のみならぬ巣なし鳥

など三句見える。乞食一茶は一茶らしい開き直った誇張表現であるが、この辺りから帰国準備にかかっており、郷里や周辺門人への書簡も多い。江戸に家を構える気持はなかったことが乞食一茶という表現にも表れている。

取極一札をかわしたものの、一茶が現実に柏原の実家に住むことが出来たのはその六年後

の、文化十一年のことであった。その間の伝記的事実は諸書に詳しいが、一茶を知る上で避けて通れないので、大凡を辿っておきたい。

六年の三月には先に触れたように花嬌との歌仙があったが、江戸に戻って五月には柏原への帰郷の途についている。おそらく相続についての具体的な話し合いを持とうとしたと思うが、取り付く島もなかったろう。長沼の春甫《しゅんぽ》と姨捨山で月見をしたくらいの記録があるくらいである。後半の日記はなく、帰った時期も不明である。

文化七年に入り、よく知られた文化七年から、十五年までの『七番日記』が残されていて、様子がかなり具体的に見えてくる。正月は随斎邸や一瓢《いっぴょう》の居る谷中の本行寺《ほんぎょう》、松井などで過ごしている。

家なしも江戸の元日したりけり
蝶とんで我身も塵のたぐひ哉

春になると馬橋の斗囿や流山の双樹など下総方面を巡ったりしている。

よるとしや桜のさくも小うるさき

死仕《しに》度致せ〳〵と桜哉

がい骨の笛吹くやうなかれの哉

この晩年意識も一茶らしい振幅の大きな誇張表現である。

五月十一日に柏原へと発つが、この道行きを旅行記ともいえる長い文章に残している。十八日には柏原が見えるところに着いたが、「かね〳〵ねじけたる家内の輩、例のむくつけき行跡見んも罪作る」として野尻湖まで足を伸ばして泊まる。翌日柏原に入り、墓参して、「村長誰かれに逢ひて我家に入る。きのふの心の占のごとく素湯一つとも云ざれば、そこそこにして出る」と記し、

古郷やよるもさはるも茨の花

の句を添える。話し合いどころではなかった。一茶はどうも高圧的に喧嘩腰に出ることなど出来ない性格だったと思う。一茶の句や文に喧嘩はいくつか見えるが、野次馬的な感じのものが多い。

江戸に帰った一茶が花嬌の百ヵ日法要に出席したことは先に述べた。十一月には成美宅の

留守居をしていて、金庫の現金がなにほどか無くなったことが分かり、禁足されるようなことがあった。一茶の記述には「随斎出筵」とあったりして、随斎会では幅を利かしていたろう。十一月には鶴老《かくろう》のいる守谷の西林寺《さいりんじ》に入り、翌一月半ばまで過ごしている。

文化八年は鶴老の居る守谷の西林寺から流山、馬橋方面をめぐり、さらに南総の富津、金谷、百首などを丹念に回っている。帰郷の挨拶やら地盤を固める意味があったろう。富津では歯を欠いてしまい、そのことを「奥歯を失ふ」という文章に残している。

がりがりと竹かぢりけりきりぎりす

歯を欠いた鬱憤が見えるような句である。この年の三月には本陣の桂国が、戸隠社の開帳があって江戸に出ており、郷里の人の江戸入りも多い。桂国が帰ったのは十二月で、その間なにかと世話をしている。

文化九年の一月には、

春立つや先《まづ》人間の五十年
おのれやれ今や五十の花の春

春立や菰もかぶらず五十年
五十年あるも不思議ぞ花の春

という句が見える。「人間の五十年」は、幸若舞の敦盛に出る「人間五十年、下天《げてん》の内をくらぶれば夢まぼろしのごとくなり」を思わせ、次の句と合わせてともかく五十年を生きたという思いが詠まれる。「菰《こも》もかぶらず」は言うまでもなく芭蕉の「薦《こも》を着て誰人います花の春」や、「栖去《せいきょ》の弁」の、「なし得たり、風情終《つひ》に菰をかぶらんとは」を受けていることはいうまでもない。「薦を着て」の句について芭蕉は、弟子宛の書簡で、「五百年来昔、西行の撰集抄に多クの乞食をあげられ候。愚眼故能人《よきひと》見付けざる悲しさに、二たび西上人をおもひかへしたる迄に御座候」と書き送っている。世を捨てた高僧貴僧の話である。一茶は芭蕉の境地へ至り得なかった自分に納得している感じがあって、むしろ郷里へ帰ることができる安堵感が前面に出ている。この二三ヵ月、一茶はおびただしい句を残している。

先に触れたように、一茶はこの年の四月から五月にかけて富津に至り、花嬌の三回忌を修し、花嬌の家集や追善集を編んでいる。ここで一応区切りを付けたのであろう、六月には江戸を発っている。五月に作られた句、

いざいなん江戸は涼みもむつかしき

は江戸を離れる決意をはっきりと表明している。しかし、江戸を離れるといっても住まいの上でのことであって、俳諧師としての働きは別である。五十年の漂泊に疲れ果て、定住を求めたのであった。十五歳で家を出て、五十歳になるまで放浪に近い独り身の生活を送ったのであるからその切実な思いもよく分かる気がする。芭蕉や西行は若年時、恵まれた武士生活を送っている。この二人のような一所不住の修行者たり得なかったのも当然かもしれない。

一茶は六月には柏原に入っている。しかし、七月に江戸へ発った桂国の後を追うように、一茶は八月には江戸へ戻った。桂国は街道のことで訴訟は続いていたようであるが、間もなく江戸で病に倒れる。一茶が看病に当たったようで、「桂国看病夜伽《よとぎ》」という記事が見えるから一茶に予感があったのだろうか。信州からは観国、銀蔵が駆けつけている。

注目すべきは、九月に今日庵で一峨と半歌仙を行っていることである。素堂の今日庵を元夢が継いで今日庵二世を称していたものの、元夢死後絶えていたのを一峨が再興しようとした。そして一峨の今日庵再興記念集『何袋』に一茶と成美が序を寄せ、三吟歌仙が載っている。これが葛飾派の白芹から難詰されたことは先に触れた。この用件も江戸に一旦戻った理由かもしれない。

一茶は随斎邸ばかりでなく一瓢のいる谷中の本行寺での会に出たり、下総方面を回っている。十月には大恩人である流山の双樹が病で亡くなる。その葬儀に出た後、十一月十七日には江戸を発った。二十四日には柏原に着いたようで、

是がまあつひの栖《すみか》か雪五尺

の句には「廿四日晴、柏原に入」との前書がある。この句にはなんとも言えないような屈折した安堵感がある。「是がまあ」には大江丸に前例があるようであるが、大江丸についてはは後に触れたい。帰ったとはいえ雪深い辺境に近い地である。ともかく一茶は柏原に住む決意をここではっきりと示している。この年の九月には、

けふからは日本の雁ぞ楽に寝よ

という句を作っていることも示唆的である。

一茶は柏原に入ったとはいえ、実家に入ったわけではない。周辺を泊まり歩き、ようやく菩提寺の明専寺近くに家を借りて入ったのが十二月の二十四日であった。不退転の気持で相

続の実行を迫る気持だったと思う。この間の事情は「志多良序」という焦りや憤懣を綴った一茶一流の被害妄想的な文章に詳しいので触れてみたい。

寒い雪の折に来合わせ、宿もなくさまよっていた所、「情ある里人、家の小隅かしてとしとらせんとあるに、地獄で仏見たらんやうにうれしく、師走廿四日といふにそこにうつりて、可候《かこう》よりめぐみたる鳥の毛布団をかぶつて大寒を凌ぎ、春甫に貰ひたる紙帳を引張つて烈風を防ぎつつ、人々のかげにて漸々酉の春にはなしぬ。

人並《なみ》の正月もせぬしだら哉　」

と記し、自分の姿を「生涯花さく事もなく、五十年の夢けろけろさめて、ただただ立ち枯るるを待つのみ。皆是前生《ぜんしゃう》の報ひのなす所なるべし。

世中《よのなか》の梅よ桜よ人は春　」

と記す。「しだら」はていたらくといったほどの意味。この時が一茶の一生で最も緊迫した時期で、ここで一茶は開き直り、仙六と対決する姿勢を固めたようである。この文章は『七番日記』冒頭の文化九年の項の、「十一月十七日出東都、全二十四日至柏原、兵衛門者家寄宿越年、従安永六年出旧里而三十六年也、日数一万五千九百六十日、千辛万苦一日無心楽不知己終成白頭翁」と照応している。これだけ子細に日数まで記すところに一茶の怨念のようなものを感ぜずにはおれない。とにかく一茶は数字が好きである。

明けて文化十年一月には早速交渉が始まったようである。取極一札が取り交わされたものの、その実現が遅れたことは一茶側にも問題があったが、それは仙六に対する本家筋や土地の人たちの同情や支持が一茶をひるませたことも絡んでいよう。しかしもはや猶予は許されない。一月二十六日の日記に次のような記述がある（原漢文）。「遺言のあった後、十三年間の田畑の得米（これは小作人から取り立てる収益）分や、家半分の家賃併せて三十両を要求したが仙六が承知しない。よって二十七日出立し、江戸の御糺《ただす》所に訴えるといったところ、妙（明）専寺の僧が和談を薦めたので延びることになった。」という内容である。この威しともとれる態度に仙六側も折れる他なかったであろう。かくしてこの正月、「熟談書附之事」が取り交わされることになった。この内容は、一茶側の要求を記した後、右について双方熟談の上左の通り取究めたとして、その内容を記している。弥太郎の申し立ては尤《もっと》もであるが、金高が大きくなってしまい、之を払うとすれば仙六の相続も覚束ない。立会人共々お詫びするから得米代金及び家賃の分として十一両を仙六から弥太郎に差し出すからこれによってすべてを済ませて欲しいと申し出たところ、弥太郎は納得して代金を受領した。以後一切要求はしないとし、終りに家、屋敷、家財などは取り決めた通り引分けを済ませたので、これからは双方睦まじく渡世してほしいという内容である。

この書附の署名者は、一茶側が弥太郎、二野倉徳左衛門、専六側が専（仙）六改名弥兵衛、親類弥市で、立会人が銀蔵となっている。十一両は徳左衛門が預かったという。得米分や家賃まで要求するしたたかさは徳左衛門なしには考えられず、交渉も前面に出たのは徳左衛門であったろう。立会人の銀蔵は観国と桂国を見舞いに江戸に一緒に行っているから、本陣と関係の深い村の有力者であったろう。村の内でも本陣の桂国という強力な味方が一茶側にはついていたのである。

一月の終りにはともかく決着し、一茶は生家に住めることになった。一月の句には、

時に范蠡《はんれい》なきにしもあらずさく桜
ゆうぜんとして山を見る蛙哉

といった句が見える。范蠡は、越王句践《こうせん》の武将として越を苦しめていた呉王夫差《ふさ》を滅ぼしたことで名高く、その成語をそのまま引いている。范蠡はまさに徳左衛門その人を指すとみて

よいようだ。蛙の句は一茶自家薬籠中の小動物を詠んだ句であるが、凡てから解き放たれたような悠然たる境地の蛙の登場である。この蛙は蟇蛙《ひきがえる》と見ることで「ゆうぜんと」が引き立つ。一茶はともかくも念願がかなって郷里の家で暮らすことができるようになった。

この年の三月の日記の余白に、「許由ガ耳洗ヒ見ヘボウ　西行ガ猫も見ヘボウ」の記述がある。許由《きょゆう》は帝尭《ていぎょう》が天下をゆずろうというと汚れたことを聞いたと耳を洗ったという。西行は頼朝からもらった引出物の銀の猫を子供に与えて去ったという。欲の皮の突っ張ったような強引な相続を勝ち得た一茶は、西行や許由のような高潔な態度を見栄っ張りと書くことでみずからを納得させている趣がある。

六、柏原定住、結婚へ

一茶は郷里に引きあげたといっても百姓生活に入るためではない。あくまでも俳諧師としての生活の場を固める意味が強かったといってよい。二月に入っても相変わらず一茶社中というべき弟子筋を泊まり歩く生活が続いている。家に住むことが出来るといってもこれまでのしこりもあり、なんとも居心地が悪かったに違いない。家、家財などを引分けたとあったが、どのように分けたのだろうか。その辺り分かりにくいが、翌十一年二月二十一日の日記に、「家取立合　銀蔵　徳左衛門」とあることから、この年はまだはっきり移転しておらず、借家に住んでいたのかもしれない。翌年になって改めて徳左衛門等が立会い、家としての分割を果したのである。生家は間口九間余あり、間口三間三尺ずつに分けたという。残りは川《かわ》敷《じき》である。仏壇と土蔵は一茶のものとなった。

十年の七月、一茶は善光寺の祇園祭を見に出かけたが、尻に癰《よう》ができて動けなくなり、社中の桂好亭上原文路《ぶんろ》宅に七十五日間も臥すようなことがあった。このことは「志多良」の中の「癰を病む」という長い文章に詳しい。自戒をこめた例の一茶一流の泣き言を並べた文章である。注目すべきは、この間実に多くの人たちが見舞いに訪れていることである。仙六もそば一袋をもって見舞いにきている。北信一帯に一茶社中というべき基盤がはっきりと見えてきていることが注目される。

この間の一茶の文章に出てくる俳句を引いてみよう。

蚤蠅にあなどられつつけふも暮れぬ
おとなしく留守をしてゐろ蛬《きりぎりす》
さて長い夜が永いぞよなむあみだ
かな釘のやうな手足を秋の風
死にこじれ死にこじれつつ寒さ哉
蚤どもも夜永だろうぞ淋しかろ

終りの句は一茶らしさの出たよく知られた句であるが、小動物に対する一茶の接し方については改めて取り上げてみたい。日記にもこの間蚤を詠んだ句がおびただしく見える。

この文章には金子兜太氏の強調していた荒凡夫《あらぼんぷ》という言葉が始めて登場する。仏でさえ病の悪鬼におそわれるのに、荒凡夫の我々がどうして避けることができようかというように見える。翌十二年四月、妻を娶った時の「五十婿」という文章には「凡夫の浅ましさに、初花に胡蝶の戯るるが如く、幸《さち》あらんとねがふことのはづかしさ」という形でも登場する。この凡夫という言葉の登場は親鸞の、「他力の悲願はかくのごときのわれらがためなりけり」というわれら「煩悩具足の凡夫」を踏まえているに違いない。一茶とりわけ結びつきの強かった鶴老の寺西林寺は天台宗の名刹ということであるし、気心の合った一瓢の本行寺は日蓮宗の寺である。浄土宗大本山善光寺での長い病床生活が、門徒宗一茶を甦らせたのであろう。この年以後、一茶の日記には「大酒会」「大酒宴」などという言葉も登場するが、すっかり一茶も土地の人になったのである。そのことをも反映した凡夫の意識でもあろう。

この文化十年の句をいくつか引いてみる。

芭蕉翁の臑《すね》をかぢつて夕涼
大の字に寝て涼しさよ淋しさよ
下々《げげ》も下々《げげ》下々《げげ》の下国《げこく》の涼しさよ
うつくしや障子の穴の天の川

「下々の下国」の句はよく知られた一茶を象徴する句であるが、涼しさとして受けとられていることに注目する。江戸や京都まで見てきた一茶にとって柏原はまさに「下々の下国」であったに違いないが、それを居心地良い涼しさとして受け取っているのである。「障子の穴の天の川」は病床での天の川であろう。しかしそれを美しいととるところが一茶一流の把握である。

郷里に定住することになり、俳諧師として足場を築こうとしていた矢先、一茶を襲うことになった大病は、いささか羽目を外しがちな凡夫一茶へのお灸《きゆう》の意味があったように思えてならない。この後、亡くなるまで一茶はさまざまな不幸に襲われることになる。そのことが結果として一茶の句境を深めることになった。

病癒えて一茶が柏原の家へ帰ったのは九月十三日のことであったが、十月七日に本陣の桂国が亡くなっている。そして十二月八日に若翁が本陣で亡くなってる。若翁について改めて書いておきたい。先に相生町に家を構えた頃、柏原の酒屋桂屋の長男中村二竹が弟子一号として出入りするようになったことを述べ、二竹の父が平湖といい、若翁から俳諧の教えを受けたことに触れている。若翁は桃国とも号していたようで、本陣の桂国、観国も教えを受けており、その号も桃国に因んでいるという。

若翁は肥前大村藩士であったが、俳諧師となり各地を巡っており、柏原には長く滞在したようである。桂国や平湖と一茶の関わりを見ると、少年一茶が若翁の俳諧指導に触れる機会があったろうことを想像させる。一茶は関西修業時代、尾道で若翁と会ったらしいことは、『たびしうゐ』に「尾道若翁」の句があることから窺える。文化八年一月二十八日の日記には「若翁訪」とあり、一茶は江戸で会っている。若翁が桂国を追うように本陣で亡くなっていることは、病む桂国と共に柏原に至ったのであろうか。

一茶の「中村桂国を悼む」という文章には桂国の、「若きよりいかめしき家門のかまへをいとひ、おしげもなく家禄を弟にゆずり、おのれはかりそめの庵をむすび」というような生活に触れ、「おのれ幼きころよりことさらに交り深く、旅のゆきき、十度が十度立よりて」と偲んでおり、「墓詣して」として、

夕暮や土とかたればちる木葉

の句を添えている。

翌十一年の正月は家に居て書面などのやりとりも多いが後半は弟子回りに励んでいる。

雪とけて村一ぱいの子ども哉
汚れ雪それも消えるがいやぢやげな
我里はどうかすんでもいびつなり
我と来てあそぶ親のない雀
此やうな末世を桜だらけ哉

俳句は百五十句以上と実に多産であり、一茶調がのびのびと身についてきているように思える。家無しの苦難から開放されたことが大きかったと思われる。雀の句は「我と来てあそべや」の初案である。「桜だらけ」の句には家を持った喜びが溢れている感じである。

二月には先に触れたように、銀蔵、徳左衛門による「家取立合」があった。家を分け与えられたとはいえ、大病を患った五十男独りでは身の回りはともかく、付き合いもままならなかったろう。家のはっきりとした分割は、一茶に嫁を世話して所帯を持たせる準備の意味があったようである。徳左衛門があれこれ動いてくれたようで、四月には妻を迎えることになった。四月十一日の日記には、「晴　妻来　徳左衛門泊」とある。新妻は徳左衛門の親戚の赤川の常田氏の娘菊二十八歳であった。十三日の日記には、「下町人々祝ニ来　百六文入」とあり、十四日には「妻役人巡」とある。

この結婚について記した「五十婿」という文章を先に引いたが、改めて全文を引いておきたい。

五十年一日の安き日もなく、ことし春漸く妻を迎へ、我が身につもる老を忘れて、凡夫《ぼんぷ》の浅ましさに、初花に胡蝶の戯るるが如く、幸《さち》あらんとねがふことのはづかしさ。あきらめがたきは業《ごふ》のふしぎ、おそろしくなん思ひ侍りぬ。

人の世に花はなしとや閑古鳥
吾が庵は何を申すも藪わか葉
三日月に天窓《あたま》うつなよほととぎす
人らしく更《か》へもかへけりあさ衣
千代の小松と祝ひはやされて、行くすゑの幸有らんとて、隣々へ酒ふるまひて、
五十聟《むこ》天窓をかくす扇かな

一茶はよほど嬉しかったに違いないが、さすがに浮いた調子の句はなく、喜びを控え目に巧みに句に仕上げている。

四月から五月にかけての句を見ても新婚生活を感じさせる句はほとんどなく、辛うじて次のような句が見えるに過ぎない。一茶は好色漢とは無縁といってよい。

時鳥俗な庵《いほり》とさみするな
さはぐぞよ竹も小笹もわか盛
夕貌に尻を揃て寝たりけり

この年の十一月には、

梟よ面癖《つらくせ》直せ春の雨

の句が見えるが、翌年の正月の冒頭に「鳩いけんしていはく」と前書をつけて載せている。金子兜太氏は鳩に新妻をみて、一茶の容貌に触れた鮮やかな鑑賞をしている。鳩と梟《ふくろう》の取り合わせも面白いが、自らを梟に喩えたところが一茶のこれまでの恵まれない旅での暗い生活が浮かび上がるようである。

菊は、一茶が仙六や近所となじむ上で立派にその役割を果したようである。一茶が家を空けることが多かったので、仙六や徳左衛門のところに雇われたりもしている。家を構えることになって北信での俳人たちとの交流も活発になったようで、仲間の来訪で、大酒宴といった記事もあるが、社中めぐりや文書のやりとりも多くなる。

七、『三韓人』の出版と夏目成美

家庭生活もようやく落ち着いた八月に入って、一茶は早々と江戸へと旅立っている。この年の十一月に、一茶は江戸俳壇引退記念として『三韓人』を上梓しているから、この旅は郷里への引退挨拶を兼ねたこの書の刊行が目的だったことが分かる。

八月は先ず一瓢上人のいる谷中本行寺に入り、さらに常宿松井や随斎邸などを回っている。松井は文化十年五月に亡くなっており、一茶は同年の七月の日記に、「松井身まかりぬと聞く」として、

正夢や終にはかかる秋の暮

と詠んでいる。松井は元夢の門人だったようで、野逸の歳旦帖に「其翠楼松井」として句が

見えるという。日本橋久松町の商人で、一茶より十八歳年上であった。一茶が付き合うようになったのは文化元年頃で、家族ぐるみの付き合いとなり、文化八年には一二七日も世話になっている。一緒に亀戸へ行ったりしているが、俳席を共にした様子は見えない。作句からは退き、一茶のパトロン的存在となったと思う。この宿の主も次の世代になっていた。中旬には文化九年に亡くなった流山の双樹の家を訪れ、さらに鶴老のいる守谷の西林寺を訪れる。鶴老は信州飯田の出身で、一茶との交流は長かった。飯田からは富豪の焦雨《しょうう》という俳人が出てきていて、一茶は十二歳若い焦雨と鶴老を訪れたりしている。焦雨は俳諧に熱中して家産を傾け、御家人として江戸に住みついたが、一茶から離れ、道彦に追従《ついしょう》している。一茶は守谷に十日ほどいて月船のいる布川に至る。月船は裕福な回船問屋であった。

九月には恩人立砂の息、斗囿のいる馬橋を経て江戸に帰り、松井や本行寺を往き来している。下旬には木更津から富津へと入る。十月中旬まで上総方面で過ごした後、江戸に帰り、本行寺や松井、さらに馬橋、流山などに足を伸ばしている。十一月には随斎邸で半歌仙を巻いたり、一瓢と芝居見物をしたりとゆとりが出た感じである。十七日の記事に、「書六包出柏原、賃四百文団七ニ渡ス」とあり、これは刷り上がった『三韓人』であろうか。

一茶が江戸を立ったのは翌十二月十七日で、吹雪に遭ったりして、二十五日柏原に入っている。二十八日の日記には「妻月水」なる記事も見える。この年の在宅は七十七日、他郷二百四十七日と日記には記されている。新婚の菊にとっては心細い日々であったろう。この年の後半の句をいくつか挙げてみる。

稲妻やうつかりひよんとした貌へ
乞食が団十郎する秋の暮
死ぬ山を目利しておく時雨哉
芭蕉塚先《まづ》をがむ也初布子《ぬのこ》
大根引大根で道教へけり

一茶にとってこの時期は複雑な思いもあったと思われ、作品も冴えないが、それぞれに一茶らしさがよく出ている。

『三韓人』には成美が序を寄せている。江戸を去る一茶の様子を述べたあと、老いて名利の地に住むことを恥じ、故郷に引籠ろうとしている。友人たちが引きとめるのを振り切って旅立った。「われまたそのうしろ影を見おくりて、二十年の旧交をおもひ出る事のさまざまは、むさしのの草葉における今朝の露もかぞふるにたらずとこそ」と結ばれる。

本文の冒頭は一茶の師匠筋にあたる故人を没年時と発句を添えて並べるが、それは次の六人である。先ず蓼太（天明七年）、次いで竹阿（寛政二年）、白雄（寛政三年）、素丸（寛政七年）、浙江（文化八年）、松井（文化十年）と続いている。松井は俳号もなかったようであるが、たんに松井として俳句を添えているところに一茶の思いが伝わってくる。

蓼太の句を挙げてみる。

同行三人、玉川一見も今は昔となりぬ
馬かりてかはるがはるに霞みけり

蓼太の原句には前書が見えないようであるが、この同行三人は蓼太と多分素丸、竹阿の三人であるかもしれない。この旅に一茶が加わっていた可能性も考えられる。蓼太については先に少し触れたが、『俳句講座』所収の中村俊定《しゅんじょう》の評伝に教えられながら少し紹介したい。出生は信州との説があるが、江戸で俳諧の道に入っている。嵐雪の雪中庵を継いだ二世雪中庵の吏登《りと》の門に入り、蕉風を知る。蓼太は二十五歳の時、芭蕉を慕う奥州行脚の旅に出て、芭蕉の遺章《いしょう》を拾集しており、それは芭蕉翁五十回忌記念の『奥細道拾遺』に収められている。旅は象潟《きさかた》から信州を経て帰ったようである。吏登は還暦を迎えて蓼太に雪中庵のあらましを譲り、蓼太は名実ともに雪中庵三世となった。時に蓼太三十三歳である。

この時期から二十年ほど前の享保期に、葛飾派の馬光らによって点取俳諧を批判し、蕉風復興を掲げる運動が興り、『五色墨《ごしきずみ》』が刊行されている。蓼太は馬光の高弟素丸に呼びかけ『続五色墨』を刊行する。素丸、竹阿、蓼太らが編集し、馬光が序を寄せている。これは蓼太が雪中庵を継いだ翌年のことで、これを期に素丸、蓼太の結びつきは強まったようである。一茶が二十歳前後の頃、素丸、竹阿、蓼太が浦賀、三崎方面を吟行した記録が見えるようである。蓼太は一茶が二十代半ばで没しているが、一茶が蓼太に接する機会はあったと思いたい。一茶が二十代半ばで五百石取の幕臣素丸の執筆を勤めたことを思うとその可能性は考えられる。ともあれ蓼太は一茶にとって仰ぐべき眩しい存在であったことは間違いない。

一茶は、象潟の蚶満《かんまん》寺に菊明と記した句文を残しており、二十七歳の時奥羽地方を旅したことは確かな事実とされる。松島や外ケ浜《そとがはま》での句があったり、盛岡の俳人との文通も指摘されている。一茶のこの旅行は、蓼太の奥羽行脚に触発されたものであるに違いない。若い一茶は蓼太のような大宗匠の道を志したのではなかろうか。

竹阿は、一茶がその二六庵を継いだことを思うと二番目にきて当然であろう。竹阿の句を挙げてみる。

病中
鶴に乗る術《てだて》もあらば花の山

竹阿は旅を好んだようで、六十歳頃には浪花に庵を結び、四国から九州まで俳諧行脚を続けている。そして、八十一歳で亡くなる二年ほど前に江戸に戻っている。一茶が病中と前書にある句を挙げていることは、竹阿を見舞いに訪れ、二六庵の名跡を継ぐことへの了承を得ていたことも考えられる。そのことは最初の方でも触れている。一茶は、翌寛政三年には関西旅行を決め、挨拶を兼ねて弟子筋を回り、旅費まで工面していることは『寛政三年紀行』に見えていた。旅では、竹阿の『其日ぐさ』の関係先を四国から九州までめぐり歩いている。一茶の関西行脚の記念集『さらば笠』の送り状には、竹阿の追善集を編む意図も報ぜられていることも二六庵継承と結びつく。二六庵の継承の時期は定かでないが、寛政十二年には、二六庵一茶とした歳旦帖もみえるようである。

白雄の句は、

千どり鳴やふいと悲しき羽箒

となっていて、「ふいと悲しき」が白雄らしい。白雄は一茶より二十五歳上であるが、信州上田の出で、父と兄は上田藩の藩士であった。白雄には『俳諧寂栞《さびしおり》』などの俳論集があり、平明さの中に蕉風を志した。春秋庵を開き、門弟には巣兆や道彦がいて、一茶がこの二人と交渉をもったことからも一茶の白雄を慕う気持が伝わってくる。

素丸が次に来るのは当然であろう。その句は、

元日や此気で居たら九千歳

懐の大きい句である。

浙江《せっこう》は上総の俳人で、成美と親しい間柄で二人で温泉に行ったりしている。随斎宅での歌仙で一茶は同座していて親しかった。没時、一茶はちょうど上総にいて、葬儀に駆けつけている。その句は、

梅さくや鼠の歩行《ある》く大座敷

とすこし変わっている。

松井の句は「年よりの目にさへ桜〳〵かな」で、いささか淋しい。

『三韓人』冒頭の故人六人の句を挙げたが、後の版では寸来《すんらい》、素嶠《そきょう》、麦宇《ばくう》の三人が加わっている。次に一茶、成美、一瓢、諫圃《かんぽ》の四吟半歌仙が置かれている。諫圃は成美の次男である。発句は一茶の文化十年の作、

雪散るやきのふは見えぬ借家札

で、当時評判がよかったようである。江戸を引き払った一茶の作として相応しい。

次に諸国の俳人二百四十二人の発句が載るが、小林計一郎氏の『俳人一茶』によると、江戸、下総、上総、葛飾方面が百二人で最も多く、信濃では長沼十七、善光寺九、高井野五人と続くが、柏原では一茶の父宗源の一句のみという。それは「おさばらぞ仲よくいたせ門涼み」という句で一茶の代作に違いない。柏原には若翁のもとで学んだ俳人がいたが、『三韓人』が旅での俳諧修行を記念したものだけに故郷の俳人は省いたのであろう。若翁の句は載せている。立砂や双樹は当然として富津の花嬌の句が二句載ることが眼を引く。巣兆や道彦など

実力者の中に白芹も入り、上方では士朗、蘭更など大家も見える。

結びに出版日、文化十一年十一月十九日が入り、俳諧寺一茶と記すが、その後、

此次は我身の上か鳴烏《なくからす》

という「耕舜先生挽歌」にあった句を置き、「大事の人をなくしたれば此末つづる心もくじけてただちにしなのへ帰りぬ」と記す。最後に四国の樗堂からの書簡をそのまま載せている。先に触れたように樗堂邸には二回にわたり、一年近く滞在している。この手紙が書かれたのは文化十一年二月で、この年の八月には樗堂は亡くなっている。自分はことのほか衰え、ただ生きているばかり、極楽での再会を楽しみにしているとの内容である。樗堂は酒造業の豪家を継ぎ、若くして町方大年寄となるほどの人物で、俳諧でも大きな仕事を残している。晩年は安芸の御手洗《みたらい》島に移住し、二畳庵を結んで過ごしたという。最後に至って一茶を懐かしみ、書簡を認めたのである。

『三韓人』の大凡について触れてきたが、一茶は江戸俳壇引退記念のこの集に何故『三韓人』という変わった名を選んだのであろうか。矢羽勝幸氏の見解では茶人の好んだ高麗茶碗から韓が選ばれ、それが閑に通じて三人の閑人とも読めるとのことであった。葛飾派は素堂の茶

室其日庵を名乗っているし、元夢の今日庵も素堂茶室に由来するようである。二六庵も茶室を意識したものと思われ、この三人は葛飾派の三長老を指しているとも思われる。しかし一茶が江戸を離れる頃には葛飾派の世界は有閑人の世界に映っていたのかもしれない。『三韓人』に関わってしまったが、それは帰郷までの一茶の俳諧修業の大凡が伝わってくるからであった。そこから一茶俳句が成立する上で、随斎こと夏目成美が果した役割の重さが改めて見えてくる。ある意味で、一茶を一茶たらしめたのは成美ではなかったかと私には思えてくる。そのこともあるので煩瑣になるが、成美について『俳句講座』所収の大磯義雄氏の評伝に教えられながら少し紹介しておきたい。

成美は浅草蔵前の札差井筒屋の六代目として寛延二年(一七四九)に生まれている。一茶より十四歳上になる。蒲柳《ほりゅう》の質で、十八歳で右足の自由を失ったという。父も弱く、十六歳で家督を譲られたが、三十四歳で弟に家名を譲る。しかし弟も弱く、翌年には亡くなり、再び成美が家業を継ぐことになった。家業に励む傍ら、隅田川の対岸に茶を楽しむ贅庵を作るなど幽閑を楽しむ生活を送ったが、脚病もつのり、五十一歳で長男に家事一切を譲り、対岸に隠居所を設けて俳諧三昧の生活に入った。しかし六十一歳頃から衰えが目立つようになり、家族が心配して六十六歳の時、再び市井の雷門近くの邸に移り、六十八歳で世を去った。中風の発作に見舞われたという。

成美の父も俳諧を嗜み、その感化で成美は俳諧の道に入っている。三十代で白雄やその門の巣兆、それに暁台などとも交流しているが、家業に精励して有力な俳人の門下となることはなかった。しかし、四十代に入ると俳人としての名声も上がり、寛政の半ばでは大家と目されるに至っている。享和、文化年代に入ると句や序跋類を請う者、後を絶たぬ状況になったという。大磯氏は、「寛仁大度の長者で、よく人の面倒を見た。また厚情篤実な性格で、人格は円満、多くの人から親しまれ敬愛された。」と書いている。

一茶の江戸での俳諧の場は成美邸での随斎会に絞られていった感じであるが、貧しかった一茶を成美がどのように見ていたかを示す興味深い書簡があるので取り上げてみたい。これは一茶が仙六と遺言による相続の決着を付けるべく江戸を去った文化五年夏に書かれたもので、江戸をしばらく離れるのか、この秋だけの仮住まいだと思いたいと記し、

とかく〳〵なつかしく存候。例の貧俳諧、貧乏人の友なくて困り入申候。忽々早く立戻り給はんをまつのみ。先日谷中の一瓢上人に招かれ、一夜泊りて俳話いたし候。其夜、探題に、

花すすき貧乏人をまねくなり

と口吟申候は、闇に先生の事をいひ出したるなり、貴句給て候也。

とあり、浙江なども甘心していたことに触れ、自句八句を添えたり、大風雨のあったことなどを伝え、「出座の人々毎々御噂申出候」として、「恐々頓首　一茶貴師　梧下」とある。敬意を表しながら貧俳諧とか貧乏人とあからさまに書くところには驚かされるが、貧しさに開き直ったところから生まれた一茶の俳句が受容された事情が見えてくる。

一茶にことのほか温かく接した樗堂や成美は富豪であったが、わびを求めて小庵を設け、俳諧を嗜んでいる。西行や芭蕉は意識的にわびを求めて旅に身を置こうとした。一茶の貧は追い詰められた貧であり、景色の罪人としてそこに開き直った貧俳諧であった。成美には決して身を置くことの出来ない世界であって、成美が一茶を貴ぶ理由が見えてくる。

取極一札を交わして翌正月に戻った一茶が、「随斎のもとにありて　乞食一茶」として「元日や我のみならぬ巣なし鳥」と詠んだことは先に触れている。

一茶は、故郷に引きあげる決断をして江戸から柏原に帰った文化九年十二月、飛脚便で成美宛に句稿二十四句を記し、添削を依頼した書簡を送っている。この書簡については村松友次氏の前出書に詳細な言及があるので、それに拠りながら紹介したい。

書簡は二十四日、古里に入るとして、

是がまあつひの栖《すみか》か雪五尺

ほちや〳〵と雪にくるまる在所哉

以下計二十四句を並べ、

例之通《とおり》、くだらぬくさぐさ入《る》二尊覧《に》一、したたか御しかりの程奉レ希候《ねがひたてまつり》。辺地に、引込候へば、彼《かの》流行とやらんにおくれはせぬかとそれのみ用心仕候。棒御引被レ遊候はゞ、此草稿此飛脚に御もどし可レ被レ下《くださるべき》様、是又奉二願上一候。

とある。成美の批評を一茶がどれだけ頼りにしていたかや、流行に遅れはしないかといった一茶の焦りも伝わってきて実に興味深い。人生の大きな節目を迎え、その感慨が句にまとまり、出来具合に自信もあって早く見てもらいたかったのであろう。

二十四句のうち、成美が良しとした句が十四句で、六段階に分けているが、最上の「極上々吉」が、

是がまあつひの栖か雪五尺

で、「つひの栖」のところは「死所《しにどころ》かよ」と併記されているが、成美は「死所かよ」を消している。次の「至上々吉」は、やや不分明なところがあるが、村松氏は、

かくれ家や歯のない声で福は内

とみており、私も賛成である。この返信の余白に、成美は役者評判記に真似て、「頭取」、「ヒイキ」、「わる口」の三者のやりとりの形で感想を書いている。「ヒイキ」の、「日本中引くるめての名人〳〵」に対して、「わる口」は、情がこわくてお客様は喜ばないよと掛け合えば、「ヒイキ」がこのとうへんぼくめと叱ったりする。成美の人柄まで伝わってきて興味深い。わる口の、情がこわいは、一茶の「死所」とか、「死仕度せよ」、「死にこじれ」のような暗さへのこだわりへの批評があったことを思わせる。

成美の上々吉とした二句は、一茶が切り開いた俳句の新しい側面を象徴しているように思えて実に興味深い。一句目は、「是がまあ」という呟きのような口語的発想を俳句になじませ、名句に仕上げている。「是がまあ」は大阪の大江丸に先例があるようであるが、大江丸については改めて触れたい。俗語や方言の大胆な使用は文化初年頃から一茶の句に見られる

ようになっているが、それは関西旅行の収穫といえると思う。一方の「歯のない声で福は内」は、歯のないという侘しい面を目出度い行事に取り合わせて微妙な滑稽感をかもし出している。子規は一茶に、滑稽、風刺、慈愛の三態をみて、

あらたまの年たちかへる虱かな　　文化五年

の句などを挙げている。しがない虱にめでたい新年を迎えさせるところなどまさに一茶ならではの滑稽の面目である。楸邨も『一茶秀句』で、この句の笑いを一茶の発想法の代表的なものの一つとして取り上げている。

私は一茶を一茶たらしめたのは成美ではなかったかと述べたが、おそらく寛政の終り頃から始まったと思われる成美邸の随斎会での済々《せいせい》たるメンバーと競い合った習練が、一茶本来の才能と持ち味を引き出したに違いない。

五十歳の一茶が成美に選句と批評を依頼したことは、改めて芭蕉との資質の違いを思わせずにはおれない。芭蕉は五十歳で亡くなるまでに、俳諧のあるべき姿について弟子たちに如何に厳しく指導したかは、『去来抄』や『三冊子』からつぶさに伝わってくる。一茶の俳句のあるべき姿について論じた文章は最晩年に至ってわずかに残しているに過ぎない。

八、家庭生活と最後の江戸行脚

明けて十二年は相変わらず社中めぐりに忙しく、在庵は半数以下である。七月にも月水の記録があるが、妻未だ妊娠せずの思いもあるかもしれない。七月に入って成美から書簡が届き、九月にはまた江戸へと旅立つ。これは成美の求めで『三韓人』を組み直す為のものであったと思われる。十月二日には「成美序文校正」の記事が見える。そして十日には成美宅を訪れているから再版の打ち合わせをしたのであろう。

『三韓人』の新しい版はその年の十二月に出たようで、文化十二年の冬至日とした成美の長文の丁寧な序文がある。一茶は早くから志があって日本中をことごとくめぐり歩いたが、江戸が気に入って十年余り住み着いた。この頃隅田川のほとりで、老いてしわが刻まれ、髪もまっ白になった自分が水に映るのを見て、始めの志と違ったことを大変恥じ、たちまち草庵を打ち破って故郷に引きこもろうとする。友人たちが引きとめようとしても聞き入れない。

それではと笠翁《りゅうおう》の書いた其角《きかく》、嵐雪、笠翁の三人が寝ている絵を贈ると一茶は大いに喜び、そそくさと旅立った。二十年の旧交を思って思わず涙ぐんだという内容である。成美は翌年亡くなっているから弱っていたと思われるが、改めて真情をこめて書き直したと思われる。

先に、別の版には冒頭の故人に、寸来、素嶠、麦宇の三人が加わっていることを述べたが、この版にあり、一茶の初期時代の名簿「知友録」には見えず、随斎邸での書留めである「随斎筆記」には素嶠、麦宇の句が見えるから随斎会での縁によるものであろう。成美の意向が加わっているに違いない。

再販の段取りも終った一茶は房総方面をしらみつぶしに回っている。出費も記されているが、収入もあったようで、羽織や綿のほか、長恨歌などの書籍も家に送っている。そして十二月には柏原に帰った。この年の句をいくつか引く。

おらが世やそこらの草も餅になる
屁くらべや夕顔棚の下涼《したすずみ》
留守にするぞ恋して遊べ庵の蠅
朝晴に蚤のきげんのよかりけり
次の間の灯で飯をくふ夜寒哉

焚《たく》ほどは風がくれたるおち葉哉

一茶の作風のあらましが示されている感じである。「焚ほどは」の句は、良寛に「焚くほどは風がもて来るおち葉かな」があり、影響関係をめぐって話題をよんだが、井本《いもと》農一博士は全集栞で、これは写した良寛の記憶違いということで収まったと書いていた。良寛の父以《い》南《なん》は俳諧も嗜んだが、放浪の末京都で自殺したことを一茶は「株番」（文化九年）に書いている。一茶が柏原に帰ったころ、良寛は国上《くがみ》山に五合庵を結んでいたから一茶は良寛に関心を示していたことが分かるし、良寛も一茶に注目していたのであろう。

文化十三年は、

こんな身も拾ふ神ありて花の春

というように明けるが、交合の文字があったり、誰もいないのに小茶碗が割れたことなどが記される。菊は妊娠していたようで、四月には実家に帰り、十四日に男子を産んでいる。長男千太郎である。しかし千太郎は一ヵ月ともたず、五月十一日に亡くなっている。千太郎について一茶は三句残している。

千太郎に申《まうす》

はつ袷にくまれ盛りにはやくなれ

魁《さきがけ》されたりなむ観之仏

短夜やよしおくるるも草の露

七日〳〵とうつり行に

夜涼が笑納《わらひおさめ》でありしよな

餓鬼大将とは無縁な少年時代を送ったと思われる一茶だけに、息子には強く生きて欲しいと願ったに違いない。これから一茶は次々と子供の死に立ち会うことになっていく。七月は瘧《おこり》を病み、高熱に苦しめられる。八月に入って妻菊の行方が分からなくなったり、菊が癇癪《かんしゃく》を起こして木瓜を引き抜くようなことがあった。そして十一日から二十一日にかけて三交が七日間、四交が一日というような異状なセックスの記事が書きとめられる。この月には、

老が世に桃太郎も出よ捨瓢《すてひさご》

という句も作られているが、このセックスは子宝を願うことよりも菊のヒステリックに関係しているのではないだろうか。なんとも異様であるが、こういう事実をあからさまに記録するところにこそ一茶の真骨頂があるともいえる。このような記録は翌十四年の十二月と、最晩年に見られるに過ぎないが、このことを詳細に論じたものとして大場俊助氏の「一茶性交の記録―七番日記・九番日記より」(「解釋と鑑賞」昭和四十二年四月増刊号)に詳しい。十四年の交は、十五年の五月に菊はさとを産んでいるから子宝願いとは関係なさそうである。九月に入って成美より三通の書簡が届いている。同じ九月、今日庵再興記念集『何袋』を出した一蛾から一茶宛に書簡が来ており、そこに成美の病のことが見えるので引いてみたい。

随斎も此頃は家内一同疫疾にて、就中、おせいどの、諫圃など困り被居候。随斎も疫にて重荷に大附、其上近頃は中風もよほどあしく候。もはや世に久しかるまじく候。

とあり、吐き気で気分が悪いと会も二度限りとなったなど書かれている。成美の書簡を私は見ていないが、おそらく体調のことにからめて一茶に江戸俳壇の復活を託す思いがあったのではないかと思われる。当時巣兆、道彦、成美が江戸俳壇の三大家と目されていたが、一茶と親しかった巣兆は十一年に亡くなっており、道彦は白雄の春秋庵を継げなかったものの勢力を伸ばし、大家を酷評するなど不遜な態度が目立ち罵倒されるようになっていた。成美の亡くなった年、一茶は弟子への手紙で道彦を罵倒している。

書簡の届いた九月下旬には一茶は江戸へと向かっており、十月一日には谷中の長久山本行寺に入った。そして髪を剃っている。この月は一瓢の本行寺と松井で大方を過ごし、常総に少し足を伸ばしている。そして十一月九日の日記に「成美没」とあり、一茶は布川にいた。見舞いに行った記録は見えず、なにかあっけない感じである。まもなく追善俳諧が催されたようで、『浅黄空《あさぎぞら》』に、「多太の森にて成美追善会」として、

先生なくなりてはただの桜哉

という一茶の句が見える。一茶の名声は上がっていたとしても、成美がいなくなってみれば一介の貧宗匠でしかなかったとの思いが読み取れる。

一茶は成美の亡くなった翌月、旧跡を訪れて三句残している。

随斎旧跡

霜がれや米くれろ迚《とて》鳴雀
霜がれやとろ〳〵セイビ参り哉
笹鳴やズイサイセイビの世なり迚

旅回りでしか収入のなかった一茶にとって成美の存在はどれほど心強かったろうか。米をねだる雀に寓したところなどいかにも一茶らしい。成美参りの「とろとろ」という表現がさまざまな綾を含んで当時の心境を伝えてくれる。

十一月から十二月にかけて一茶は一瓢の本行寺や松井、馬橋、流山、布川などを回って過ごすが、十二月九日には一瓢が本行寺から伊豆の妙法寺に転住することになった。一瓢とは随斎会で知り合っているが、一茶と気心が合い、両者で競い合って俳風を切り拓いた感じがある。成美の信頼も厚く随斎会の主役の一人であったようだ。江戸での一茶を終始支えた松井も亡くなり、成美もいなくなっては寂しさもひとしおのものがあったろう。

常総方面を回って過ごしている間に、一茶は全身をひぜんという皮膚病に侵されるようになり、十二月二十二日には鶴老のいる守谷の西林寺に籠り、一月二十二日まで籠る体たらくとなった。信州長沼の弟子魚淵《なぶち》に宛てた一月の書簡には、「ひぜんといふ腫物総身にでき申候得ば、気づかひなる所はちと遠慮、吉田町廿四文でもなめたかと思はれんと推察候得ば、

下総西林寺といふ山寺に五十日あまり籠り申候。」とある。この廿四文は一茶に、「護持院原」と前書の、

木がらしや廿四文の遊女小屋　　　文政二年

の句にあるように、夜鷹と呼ばれた遊女の代である。これは一茶が出版を引き受けた魚淵の句集『あとのまつり』が出来て、それを送った旨の手紙である。西林寺の鶴老は信州飯田の出身で、一茶にとって気の置けない俳諧の仲間であった。

ひぜんについては三月三日付の妻菊への長文の手紙が「ひぜん状」としてよく知られている。足の裏から腫れ始め、山寺に籠って療治につとめているが、十一月から三月までどこへも行けない有様で、用向きが何も片づかない。五月の父の墓参りには足を引きずっても帰るつもりである。祖母と母の命日の墓参りは忘れないように、長々と留守で退屈であろうが、風邪を引かないようにと記し、四月は上総へ行きたいと加えている。真情のこもった長文の手紙である。

一茶は三月までどこへも行かないと書いているが、一月の終りには江戸に出ているし、二月には馬橋、流山、布川と回っている。三月には「足の疥瘡《かいそう》大ニ腫苦痛難忍」と記しながら

松井で大方を過ごし、花見などをしている。その間、見舞いや餞別などの先々での収入が書きとめられている。

四月には「成美記念袷ヲ得タリ」という記事が見えるが、中旬に入り、木更津から富津、保田と房総巡りが続く。『三韓人』によって一茶の評判も上がっていたのであろう。五月の下旬から六月にかけて銚子の大富豪桂丸の接待を受けており、船での浜一覧の遊山もあった。この辺りで房総歴遊は区切りがついたのであろう、中旬には布川、馬橋に寄った後、帰途についたようである。そして七月四日に柏原に入った。

一茶はこの文化十四年、五十五歳での帰郷以後、江戸へ出ることはなかった。まだ江戸での俳諧師としての場を確保することに未練はあったようであるが、もはや体力が許さなかった。翌文化十五年（四月文政に改まる）五月長女さとが生まれている。文政二年に書かれた「おらが春」には、その年の四月に、「みちのくの方修行せんと、乞食袋首にかけて小風呂敷せなかに負ひ」、西行ばりの姿で二三里ほど歩いたが、とても無理だと心細くなって引き返したことが書かれている。そのさと女は五月には亡くなっているのである。一茶は道祖神がそれを察して引きとめたのだろうと書いているが、この話は作り話めいていて、一茶一流の文飾が多いと思う。『おらが春』の、

露の世は露の世ながらさりながら

の句を添えたさと女を悼む文章は一茶俳文のなかでも屈指の名文といってよい。

翌文政三年九月の馬橋の立砂の子斗囿宛の書簡には、前年の十二月に東の方へ踏み出して碓氷《うすい》峠まできたが、峠が胸につかえ、足も心もとなくなって取って返したことが書かれている。

かくして一茶は荒凡夫ならぬ土凡夫として郷里柏原に住みつき、その周辺での俳諧師としての生活を送るようになる。そして、文政十年、六十五歳で亡くなるまでの間、さとの後、石太郎、金三郎と子をもうけながら次々と亡くし、菊も亡くなる。その間、中風を患い、再婚したが直ぐ離婚、さらに三人目の妻を娶り、その子を見ることなく六十五歳で亡くなる。一茶の俳句はそれらを通じて人生的な深みを加えつつ、「諧々たる夷《ひな》ぶりの俳諧」（文政句帖）を囀《さえず》る晩年を送ることになった。

九、一茶の作風

これまで一茶の江戸での俳諧師としての歩みを、一茶の生活と絡めて辿ってきたが、いわゆる一茶調と呼ばれる世界はこの江戸での習練の中でほぼ確立されている。この辺りで一茶を一茶たらしめた一茶調と呼ばれる俳句はどのように独自であり、異色であるのか少し立ち入って取り上げてみたい。

一茶調を特色付けるものは何よりも底辺の生活者として発想されているところにある。そこから貧しいもの、弱いものへの目線が生まれ、風流で雅なものへの景色の罪人としての屈折した把握が生まれる。弱いものでは卑近な小動物が多く詠まれ、小動物たちと心を通わせるメルヘン的な世界が生まれる。言語面では日常の生活と密着した俗語や方言の使用も一茶俳句に生気を与えている。

最初に小動物と心を通わせた句を取り上げてみたい。一茶は蝶など小さな生き物を沢山詠んでいるが、異色なのは風流と縁のない嫌われものの虱や蚤、蠅や蚊などを多く詠んでいることで、しかもいくつかは親しみを込めて詠んでさえいる。最初に虱の句を挙げてみる。

あらたまの年たちかへる虱かな
やよ虱這へ〳〵春の行方へ
ばせを忌やことしもまめで旅虱
おのれらも花見虱に候よ

虱は芭蕉が「幻住庵記」で、「空山に虱を捫《ひね》つて座す」と記したり、『野ざらし紀行』の最後に、「夏衣いまだ虱をとりつくさず」と置かれていたところから俳人に受け入れられるようになった。「空山に」は、『詩人玉屑《しじんぎょくせつ》』の「青山に虱を捫つて座す」から取られたらしい。一茶も『寛政三年紀行』の「新家記」で、

蓮の花虱を捨つるばかり也

と記したことは最初の方で紹介した。一茶が師と仰いだ竹阿も、その俳文集「其日ぐさ」

の最初の方に「虱落弁」という文章を置き、「我におゐて虱を旅の厄落し」という句を載せている。一茶は「其日ぐさ」を筆写しており、「菊明坊一茶筆写」として「二六庵」「一茶」の印を押していたことは前に紹介した。

このように見てくると「新家記」は、「景色の罪人」や芭蕉の虱を受けた句など、旅を栖とする覚悟をもった一茶の並々ならぬ決意を示した文章と読み取れる。ここに挙げた一茶の句はむしろ虱を寿《ことほ》ぎ愛でるような気配さえ感じさせる。一茶の虱を詠んだ句は百句は超えていると思う。

次に蚤の句を挙げてみよう。

やよや蚤迯《に》げるが勝ぞ皆迯げよ
蚤どもがさぞ夜永だろ淋しかろ
折々は蚤もしくしく夜寒哉
蚤どももつつがないぞよ草の庵

自分の血を吸う憎き蚤が、ここではまさに血を分けた仲間として心を寄せている。小さな生きものと心を一つにしているアニミズム的志向が、ここではとりわけ見事なメルヘン的詩の世界をもたらしている。おそらく風流とは縁のない虱さえもが俳句の対象と成りうることを芭蕉に学び、蚤をも詠むようになったのだと思われる。ここでの蚤は故郷での孤独な苦しい時期に詠まれていることも書き添えておきたい。

蝿と蚊の句も挙げてみたい。

夕空や蚊が鳴き出してうつくしき
目出度さはことしの蚊にもくはれけり
一ッ蚊のだまってしくり〳〵かな
留守にするぞ恋して遊べ庵の蝿
やれ打な蝿が手をすり足をする

こういう人間に寄生する小さな生きものに一茶が心を寄せる事情は、少年時代から続く苦難な底辺の生活や、旅に終始した感じの俳諧師としての孤独な歩みを抜きにしては考えられない。おそらく一茶は孤独な旅の途次、小さな生きものを見つけてはいとおしみ、語りかけていたのではなかろうか。いつひねり潰されるか分からない一番弱い立場のものと心を一つにしているのである。

一茶がこのようなアニミズム的な生きものとの交流において一番お気に入りの小さな生きものは蛙であった。

夕不二に尻を並べてなく蛙
むきむきに蛙のいとこはとこかな
ゆうぜんとして山を見る蛙哉
痩蛙負けるな一茶是《これ》に有《あり》
おれとしてにらめくらする蛙哉

「ゆうぜんとして」の句は、いうまでもなく陶淵明《とうえんめい》のよく知られた「飲酒詩」の詩句、「採ル二菊ヲ東籬下ニ一、悠然トシテ見ル二南山ヲ一」の本歌取りであるが、先にも触れたように文化十年、仙六と和解して柏原の実家に住むようになった年の句である。それだけに一茶の気持が蛙そのものに託されて見事である。蛙と睨めっこする一茶も蛙に成りきった感じである。

小動物では蝶が圧倒的に多いが、俳句的な写生、取り合わせが大半である。中には、

むつまじや生れかはらばのべの蝶　　文化八年

という一茶らしい句も見える。雁も多く、

けふからは日本の雁ぞ楽に寝よ　　文化九年

などはいかにも一茶らしい。晩年は猫や雀がとりわけ多くなるが、それは改めて取り上げたい。

一茶の小動物と心を一つとする発想はとりわけその境遇を反映しているが、それは一茶のアニミズムの一面に過ぎない。アニミズムは、原初の人間が取り巻く自然凡《すべ》てに生命が宿るという考えをもって生きたろうことの思想化であるが、それが次第に宗教的な考えを導いてきている。日本でアニミズムが見直されてきているのは、山岳信仰など自然に精霊を感じ、畏怖を感じる伝統を見直す考えに発している。一茶にアニミズムが言われる所以は生きものばかりでなく、命のないものにまで自在に心を通わせているところにある。いくつか挙げてみよう。

ゆさゆさと春が行ぞよのべの草

秋の夜やせうじの穴が笛を吹く
短夜やあくせくけぶる浅間山
朝晴にぱち〳〵炭のきげん哉
しんぼしたどてらの綿よ隙《ひま》やるぞ
うら壁やしがみ付たる貧乏雪

先に引いた「焚《たく》ほどは風がくれたるおち葉哉」などもまさにアニミズム的発想である。これらは見方によっては詩の擬人法と捉えることが出来るが、一茶において際立つ一面といってよい。一茶は命の無いものと実に気軽に心を通わせている。思想的な面よりも作句の上の擬人法的な戦略の意味も強い感じである。中沢新一氏は俳句のアニミズムに注目し、芭蕉の「閑さや岩にしみ入る蟬の声」にアニミズムの極致をみている。この自然への畏怖、滲透《しんとう》という立場からすると一茶にアニミズムを見ることにためらいを覚えるが、山尾三省《さんせい》氏のように一茶俳句にあるカミにアニミズムを見て、そこに心を寄せる人もいる。

一茶にアニミズムを見るとしても、一茶のもう一つの面である現実を厳しく見つめるリアリストの面があることにも触れておかねばならない。『父の終焉日記』などはまさに近代リアリズム文学に匹敵する迫力がある。日記に挿入される小文にも鋭く現実を見つめたものが多く、近代を先取りしている感じがある。洒脱ないわゆる俳文とは趣が違っている。一茶調として際立つものに口語、俗語の使用がある。意識的に生きた日常の言葉を用いて俳句に新しい息吹を与えようとした一茶の意図が窺える。いくつか挙げてみよう。

地車におつぴしがれし菫哉
雷のごろつく中を行々子
草蔭にぶつくさぬかす蛙哉
初雪のひつゝき安い皺手哉
けろりくわんとして雁と柳哉

この「おつぴしがれし」にしろ、「ごろつく」にしろ実に状況を生き生きと甦らせる効果をもっている。まさに俳諧師として日常の俗語に息を吹き込んでいる。一茶は「方言雑録」という語彙録を作って諸国の方言や古語を書き溜めていた。そこにはそれらを意識的に俳句に取り込む意図もあったに違いない。おそらく成美邸での随斎会などの集まりでその効果に手ごたえを感じたに違いない。丸山一彦氏は『小林一茶』で、一茶と親しかった一瓢に、

いざこれへこれへと菫咲きにけり
達磨忌のうつかりひよんと天気かな

のような句があることを挙げその影響を指摘しているが、二人は気心が合ったに違いない。おそらく一瓢の方が影響を受けたのではないか。

大江丸は大阪で人気のあった代表的な遊俳であるが、その大江丸に、「一茶坊の東へかへるを」と前書して、「雁はまだ落付《おちつい》てゐるか御かへりか」の句があるようである。大江丸は、「あきたつとおもふ心があきかいの」というようなおおどかで、自在な作風で知られていた。大江丸が一茶のうわさを聞いていたことが分かるが、一茶も大江丸の作風に惹かれるものがあったに違いない。一茶の意中には、芭蕉の「俳諧は平話を用ゆ」とか、「俳諧の益は俗語を正す也」（いずれも「くろそうし」）という言葉があったかもしれない。

俗語の使用は、リアルな日常を伝えるということばかりでなしに俳句の音韻的効果をもねらったものであることは指摘してよいと思う。一茶の俳句には踊り字の擬態語を使った形容が多い。

雪とけてクリ〱したる月よ哉

とくかすめとく〳〵かすめ放ち鳥
しん〳〵としんらん松の春の雨
きり〳〵しやんとしてさく桔梗哉

このような踊り字が形容ばかりでなしに俳句のリズム感を強めていることがみてとれる。
一茶俳句の際立つ一面として、「景色の罪人」の立場から卑俗なものをあからさまに表現したり、風雅、風流なものに対して卑俗なものを対置するような句作りがある。

屁くらべや夕顔棚の下涼み
夕顔の花にそれたる屁玉哉
屁くらべが又始まるぞ冬籠
小便の滝をみせうぞ鳴蛙
小便の身ぶるひ笑へきりぎりす
散る花もつかみ込けりばくち銭
サホ姫のばりやこぼしてさく菫
すりこ木のやうな歯茎も花の春

屁くらべは中世の絵巻に放屁合戦の滑稽な絵がたくさんある。また有名な夕顔棚納涼図の絵もあることからこの屁くらべの句は絵巻を意識した面もあるに違いない。北斎の「富嶽三十六景」は一茶の死後間もなく出版のようであるが、一茶の富士山と小動物を取合わせた俳句との影響関係を思わせずにはおかない。二つ挙げておきたい。

かたつむりそろ〳〵登れ富士の山
有明や不二へ不二へと蚤のとぶ

一茶は絵画などを通じて意識的に談林的な俳諧美を狙った面も大いにあると思う。また一茶俳句の展開には、享和二年から文化六年にかけて出版された十返舎一九の『東海道中膝栗毛』のような滑稽本の影響も大きかったと思う。一茶の勉強ぶりが伝わってくる。いわゆる一茶調の俳句をいくつか取り上げてきたが、これらは一茶俳句の一部であることはいうまでもない。一茶は芭蕉を仰ぎ、芭蕉の歩んだ道を正風として引き継ぐ道を歩んできており、これまで取り上げてきたように人生的な深みのある句もあれば、伝統を踏まえた秀句も多くあることはいうまでもない。一茶はそれらに新しい俳諧の世界を加えることができた。そのことが一茶を芭蕉、蕪村と続く俳諧の大家へと押し上げたと思う。

一茶俳句を通じて言えることは平明で詰屈さがないということである。日常の俗な言葉を使い、巧みに一句に仕上げる自在さがある。一茶は旅から旅への俳諧行脚で、打てば響くような即興的な応酬で作句力を鍛え上げてきたのであろう。連句の場ではとりわけ機敏な反応が要求される。一茶が充分にそれをこなしてきたことは行脚の記録からも伝わってくる。

これまで一茶の連句については取り上げずにきたが、一茶は百七十巻ほどのを連句を残している。成美亭での数十の連句はともかく、四国の大家樗堂との両吟歌仙六篇は印象深い。若い一茶がしっかりと渡り合っているのである。長く滞在したこともよほど気に入られたからに違いない。付けにおいて一茶は柔軟な発想力や機敏さをもっていて行く先々の俳諧師に受け入れられていたのであろう。一茶が二万句を残したことも、即吟が要求される長い俳諧行脚の生活を思うと事情が見えてくる。平明さの上に加わった新しさが一茶俳句を古典の位置にまで高めることになったと思う。

十、『おらが春』を読む

江戸への未練を残しながら文政元年以降一茶は念願の柏原に定住することになった。長年にわたる遺産相続の争いがあっただけにその安堵感は大きかったと思う。少なくとも乞食一茶の境遇から脱することが出来たのである。翌二年には、一年間にわたる句日記『おらが春』を残している。これはこれまでの歩みで身に付けたものを示す意図もあって、出版を意図してまとめられたようである。これは一茶の代表作といってよいものであるが、出版されたのは死後十数年経ってからであった。外題の『おらが春』は出版時に一茶の句から名付けられている。

冒頭に或る寺の弥陀仏を迎える厳かな行事を紹介した後、自分の家はから風が吹けば飛ぶ屑屋らしく、門松も立てず今年の春もあなた任《まか》せに迎えたとして、

目出度さも中くらゐ也おらが春

の句と、「こぞの五月生れたる娘に、一人前の雑煮膳を据えて」として、

這へ笑へ二つになるぞけさからは

の句を置いている。この二句はまさに一茶調を代表するような調べをもっている。「中くらゐ」とか「おらが」といったふだんの生きた言葉がそのまま俳句にすんなり収まっている。「這へ笑へ」も幼児に語りかける言葉がそのまま見事な愛情表現となっている。江戸での修行で摑んだものを一茶は自信をもって示したように思える。

「中くらゐ」は一茶にとっては軽い言葉ではない。これまでの研究では、「中くらゐ」は信州でいい加減とか中途半端の意味に使うとされてきているが、松本の人間である私はごく自然に真ん中あたり、人並みというように受け取っていた。一茶は「人竝」という言葉を使った句をいくつか作っている。私は一茶の「中くらゐ」を人並みと受け取りたい。

人竝に出る真似したり年の市

人竝の正月もせぬしだら哉

そして「人並（人竝）」の句はいずれも人並みでない立場で詠んでいる。一茶はせめて人並みな生活を送りたかったに違いない。人並みの正月をおくることこそが一茶長年の願いであった。中くらいにはそんな思いがこもっているように思う。

続いて「初午」として

花の世を無官の狐鳴きにけり

などの句を並べたりした後、菩提寺明専寺の小坊主などの話を書いたりしている。そして先に書いたみちのくへの旅のことが出てくる。この年、みちのくへの修行をしようと乞食袋首にかけ、西行ばりの姿で二三里歩いたがとても無理だと引き返したことが書かれている。この旅は「八番日記」の記事からは見えてこず、どうやらこれは全くのフィクションと見てよいようである。しかし旅の途次詠んだと思わせる句は残している。老いた一茶が江戸でなくみちのくへ旅立つことも不審である。何故一茶は敢えて虚構の旅の記事を加えたのか、私は旅を住処とした芭蕉のような俳諧師としての修行の道を断念したことの意思表示と受け取りたい。旅に身を置き、俳諧師として競って行くという生き方を断念したのである。気持としてはもはや他力本願、あなた任せなのである。

一茶が相続をめぐって、江戸への奉公の機縁となった継母への憎しみの激しさは異常なほどであったが、それは『おらが春』にも顔を出す。「梅の魁《さきがけ》に生まれながら、茨《いばら》の遅生《おそば》えに地をせばめられつつ、鬼ばば山の山おろしに吹き折れ〳〵て、晴々しき世界に芽を出す日は一日もなく、ことし五十七年、露の玉の緒の今迄切れざるもふしぎ也。しかるにおのれが不運を科《とが》なき草木に及ぼすことの不便《ふびん》也けり。

なでしこやままはは木々の日陰はな

さるべき因縁ならんと思へば、くるしみも平生とは成りぬ。」とあって、その執念に驚かされるが、一応書き付けることで気持は収まったようである。同じ屋根の下で暮らすのだから当然であろう。その後、芭蕉などに詠まれた継子や継母の句や歌をいくつか挙げたあと、

我と来て遊べや親のない雀

の句を六歳、弥太郎として挙げている。この句は違う形で文化十一年に見えていた。継母がきたのは八歳の時であるが、六歳としたところに一茶の自負が顔を見せている。六歳で作れたとは思えないが、その頃俳句に触れたことは考えられる。

二歳となったさと女の成長ぶりを喜ぶ一茶の句をいくつか挙げてみる。

蚤の迹かぞへながらに添乳《そへぢ》哉
たのもしやてんつるてんの初袷
名月を取つてくれろとなく子かな

さとの無邪気な様子を記したあと、一茶は「その座を退けばはや地獄の種を蒔き、膝にむらがる蠅をにくみ、膳を巡る蚊をそしりつつ、剰《あまつ》さへ仏のいましめし酒を呑む」と一茶の思わぬ俗物ならぬ凡夫の面が覗いたりする。一茶には無心、無邪気な様子がよほど新鮮で別世界のように思えたに違いない。

このさとも、疱瘡《ほうそう》であっけなく六月二十一日死を迎える。「楽しみ極まりて愁ひ起るはうき世のならひなれど、いまだたのしびも半ばならざる千代の小松の二葉ばかりの笑ひ盛りなる緑子《みどりこ》を、寝耳に水のおし来るごときあらあらしき疱《いも》の神に見込まれつつ、」に始まり、「この期に及んでは行く水のふたたび帰らず、散る花の梢にもどらぬくいごとなどとあきらめ貌しても、思ひ切りがたきは恩愛のきづな也けり」として、

露の世は露の世ながらさりながら

が来る。この部分は一茶畢生《ひっせい》の名文といってよい。

『おらが春』に載る句はこれまで一茶俳句を特徴付けるもろもろが揃っている感じがする。少し挙げてみたい。

東に下らんとして中途迄出たるに
椋鳥と人に呼ばるる寒さかな
はづかしやまかり出てとる江戸のとし

「はづかしや」の句には山を下りて名利の地に交わるとの前書がある。椋鳥《むくどり》は冬、越後や信州から出稼ぎに出る人への蔑んだ言葉。一茶はすでに知られた俳諧師であったから、この時点でこのような句が詠まれたことが意味深い。下々下国の卑下ではなく、信州の人間として

の自負が芽生えている。

古郷は蝿まで人をさしにけり

江戸で名を成したといえ、柏原で一茶を温かく迎え入れる空気はほとんど無かったろう。一茶は俳諧師として暮らしていた江戸から帰ってきて、財産の半分を自分のものとし、地主として納まってしまったのである。俳諧をたしなむごく一部の人たちに受け入れられたに過ぎなく、大方の土地の人たちは仙六に肩を持ったであろう。

一茶のアニミズム的な生き方に示された小動物では蛙が一番お気に入りだと先に述べ、「ゆうぜんとして山を見る蛙哉」の句を挙げたが、ここでも「蛙の野送」という文章と共に、

悠然として山を見る蛙哉

という形で出てくる。これは蛙の生埋めの遊びを述べた文章で、一茶句に続けて其角や曲翠の句を並べている。この句は評判もよく、一茶も気に入っていたようで、最晩年一茶が自分で編んだ「一茶句集」全八百句（春秋のみ）には蛙の句がなんと四十二句載るが、そのトッ

プにも置かれている。「おれとしてにらめくらする蛙哉」も『おらが春』に出る。ゆうぜんとした蛙もにらめくらする蛙も蟇蛙であることはいうまでもない。

小さな生きものへのやさしい眼はこの集にも現れる。

世がよくばも一つとまれ飯の蠅

一ツ蚊のだまってしくり〱かな

とくかすめとく〱かすめ放ち鳥

その他一茶の幅の広さを示す句をいくつか挙げてみたい。現実を見つめたものでは、

越後女旅かけて商ひする哀れさを

麦秋や子を負ひながらいわし売

善光寺門前憐乞食

重箱の銭四五文や夕時雨

があり、

法《のり》の山や蛇もうき世を捨衣

など巧みさも見える。

『おらが春』には三百余句が載るが、『八番日記』の文政二年の総句数は九百余句であるから一茶なりに選んでいることが分かる。

私は最初に『おらが春』に載る阿弥陀如来への徹底した帰依の言葉を紹介したが、これはこの文集の最後に置かれている。改めてこの文章を紹介してみたい。最初に、「他力信心〳〵と、一向に他力に力を入れて頼み込み候輩は、つひに他力縄に縛られて、自力地獄の炎の中へぼたんとおち入り候。其次に、かかるきたなき土凡夫《どぼんぷ》をうつくしき黄金の膚《はだ》になしくだされと、阿弥陀仏におし誂へに、誂へぱなしにしておいて、はや五体は仏染《じ》み成りたるやうに悪すましなるも、自力の張本人たるべく候。」として終りに次の文が来る。

ただ自力他力、何のかのいふ芥《あくた》もくたをさらりと、ちくらが沖へ流して、さて後生の一大事は、其身を如来の御前に投げ出して、地獄なりとも極楽なりとも、あなた様の御はからひ次第、あそばされくださりませと御頼み申すばかり也。

このように記した後、人の目をかすめて欲の網をはるようなことはしてはならないなどと弥陀の加護を記し、

ともかくもあなた任せのとしの暮

で結んでいる。

この徹底した信仰告白は、二歳になったさとがあっけなく亡くなるという悲痛な体験がとりわけ強く影響しているに違いない。一茶の家は門徒宗であったからここで他力本願が出てきても不思議ではないが、これまでの一茶の歩みを考えてみるといささか唐突な感じもなくはない。若い一茶が芭蕉の道を求めて厳しい俳諧行脚の日々を送ったことや、遺産をめぐる凄まじいまでの強引な争いを思うとその変容ぶりに驚く。

一茶はこの文章で土凡夫と書いているところが目を引く。善光寺で病んだ時の文章では荒凡夫であったが、新婚の時の「五十婿」という文章では単に凡夫となっていた。煩悩具足の凡夫でもこの使い分けが興味深い。善光寺での荒凡夫は、半生を旅に生きた頑丈な体を病んでしみじみ眺めた時の感慨であろう。「五十婿」の、「凡夫の浅ましさに、初花に胡蝶の戯る

るが如く、幸あらんとねがふことのはづかしさ」は、人並に結婚して所帯を持つことを照れながら納得している趣がある。土凡夫は柏原に百姓として生きて行くことの覚悟といったものを感じさせる。一茶は父の没後から毎年村に役金を納めて村民権を確保していたのである。

一茶が江戸を離れたのは俳諧に行き詰まったわけではなく、人並みの生活の場を確保するためであった。「おらが春」にはこれまで江戸で得たものを総括する意図があったと書いたが、一茶が江戸を引きあげる前の文化八年に出た「正風《しょうふう》俳諧名家角力《すもう》組」という刷り物には、前頭東八人の一人として道彦や乙二と共に一茶は出ている。一茶はすでに俳諧師としての地歩は得ていたのである。江戸で成美が一茶を師として遇してきたことは触れてきたが、生活などの面で弱音や愚痴ばかりこぼすものの、俳諧の上では一茶なりに自負なり、達成感をもっていたに違いない。凡夫に納まったといえ一茶には俳諧しか残されていなかった。俳人一茶の歩みは生活の翳を落としながらさらに続いて行く。

十一、家族の引き続く死

さと女の亡くなった翌年の文政三年の十月には次男石太郎が生まれている。一茶は、

岩《いわを》（巌）にはとくなれさざれ石太郎

と詠んでその思いを巧みに表現している。ところがまもなく、一茶は浅野へ行く途中、雪道で足を取られて転ぶ拍子に中風にかかり、籠で柏原に担ぎこまれる。一茶は民間療法について印刷物を発行していて、そこには中風療法もあったという。そのせいかまもなく回復したようである。軽い脳梗塞だったろう。

その年の暮に一茶は見舞ってくれた長沼の春甫ら四人に宛てて礼状を出し、それに「俳諧寺記」なる文章を添えている。ここには下下の下国の信濃の奥の片隅、黒姫山の麓のみじめ

な状況が奇怪な文章で綴られる。雪が降ると、

初雪をいまいましいとゆふべ哉

とののしり、三四尺積もれば菰で四方をくるみ、忽ち常闇の世界となり、老いは日夜榾火《ほだび》にかじりつくので、手足は黒み、髭は尖り、目は光ってさながら阿修羅の形相に等しいと書いたりして、

羽生えて銭がとぶ也としの暮

と結ぶ。浅野と長沼は近く、長沼は善光寺に近いが、雪深いところで病み臥したことがよほど応えたのであろう。

明けて四年の正月には一転して明るさに溢れた初春を寿ぐ文章が綴られる。去年の十月、中風で墓場の忌わしい虫となったが、「此正月一日はつ鶏に引起されて、とみに東山の旭のみがき出せる玉の春を迎ふるとは、我身を我めづらしく生れ代りて、ふたたび此世を歩く心ちなん。」として、

ことしから丸儲けぞよ娑婆《しゃば》遊び

の句を添える。よほど嬉しかったのであろうが、新しい年を迎えたことを「丸儲け」と捉え、これからの人生を「娑婆遊び」と捉えた一茶の措辞に舌を巻く。蘇生坊とも号したようで、まさに開き直った開放感である。

このような初春であったが、一茶の周辺には風波が絶えない。昨年十月に生まれた石太郎が、正月十日に母親の背中で窒息死してしまうのである。一茶にはよほどの衝撃であったらしく、二種類の「石太郎を悼む」の文章を残している。長くなるが最初の方を引いてみる。

女子と小人はやしなひがたし、遠ざくれば妬《ねた》み、近づくれば不遜《ふそん》とて、さすがの聖人溜息してあぐみ給ふと見えたり。まして末世においておや。老妻菊女といふもの、片葉の蘆《あし》の片意地強く、おのが身のたしなみなるべきことを人の教ふれば、うはの空吹く風のやかましとのみ露々守らざるものから、小児二人ともに非業の命うしなひぬ。

そして、この度は三度目に当たるので、磐石の石となるようにと石太郎と名付け、かた石となるまでは背負っては駄目だといいましめたのに、背負って負い殺してしまったと記し、どのような宿世の業因かと書く。そして、

もう一度せめて目を明け雑煮膳《ざふに》
むごらしやかはいやとのみ思ひ寝の眠る隙さへ夢に見えつつ

と添えている。心情のこもった一茶らしい作である。三人を続けて死なしめた一茶の悲しみは当然であるが、この文章で私が立ち止まるのは一茶の妻菊への非難である。妻菊を一方的に責めているが、菊とてその悲しみに劣るところはないはずである。菊はその後痛風を患ったようであるから身体も弱っていたのであろう。

振り返ってみると、「ひぜん状」は別として一茶の妻菊への労《いたわ》りやいとおしむ気持を表した句など私には見当たらない。家を空けることの多かった一茶に代わって、仙六や祖母の間で菊の苦労も多かったろう。菊も気性の据わった強いところもあったと思われるが、それだけに家が支えられたと思う。さらに二人の不幸は続いて行く。

一茶が文化四年、相続の話し合いをつけるために帰郷した際に、牛盗人と言われるとも後《ご》世者《せしゃ》もしくは善人と見えるように振舞ってはならないという蓮如上人の教えを自戒として記したことを書いたが、この年の二月には、「示弥兵衛」という文章でその教えを弥兵衛に向けて記している。「肩衣もて粧ひつつ、もはら逆道のみ行ふを後世者といふ、にがにがしき

所がら也けり」として、

　春風のそこ意地寒ししなの山

という句を添える。そして十二月には享和二年以来納めていた役場への役金を本家筋の弥市から取り立てて欲しいという役金免除願いを出している。弥市と弥兵衛は相続での交渉相手であったし、弥兵衛も弥市ともども村の有力者として羽振りをきかせるようになっていたのであろう。一茶が村では俳諧宗匠として一目置かれていたとしても肩身の狭い思いもあったろう。経済的には年貢もあれば俳諧での収入も増えつつあったから、取込みが続いても逼迫《ひっぱく》していたとは思えない。

一茶の句作は帰郷後さらに多産になるが、「八番日記」に載るこの年の句作は千五百余句と多産であり、とりわけ九月の句作は五百句を超えていて異常なくらいである。おそらく自分には俳諧師としての道しか残されていないという焦りや覚悟があったかもしれない。

この年の句をいくつか挙げておきたい。

　鳴猫に赤ン目をして手まり哉

蝶見よや親子三人寝てくらす
やれ打つな蠅が手をすり足をする
しん〳〵とすまし雑煮や二人住《ずみ》
芭蕉忌と申すも歩きながら哉

芭蕉忌の句は九句並んでいるが、この頃の句作は一題で何句かの題詠的なものが多く、安易さが目立つ。芭蕉忌といえば俳諧師にとって催しや集まりのある特別な日のはずであるが、ひとり歩きながら忌を修していると読める。芭蕉忌の句は最晩年にもまとめて作っているが、これは改めて取り上げたい。

文政五年は一茶が満五十九歳を迎える年で、この正月の冒頭に書かれた文章は一茶の最晩年の心境を痛切に訴えるものなので長くなるが引いてみる。

御仏《みほとけ》は暁の星の光に四十九年の非をさとり給ふとかや。荒凡夫のおのれごとき、五十九年　が間、闇《くら》きよりくらきに迷ひて、はるかに照らす月影さへたのむ程のちからなく、たま　たま非を改《あ》らためんとすれば、暗々然として盲《めしひ》の書をよみ、蹇《あしなへ》の踊らんとするに等しく、　ます〳〵迷ひにまよひを重ねぬ。げに〳〵諺《ことわざ》にいふ通り、愚につける薬もあらざれば、なほ行末も愚にして、愚のかはらぬ世をへることをねがふのみ。

まん六の春と成りけり門の雪

まん六は「まろ〳〵」の撥音化で、円満の意味のようであるが、満六十歳にかけていることはいうまでもない。「門の雪」を置いた句を五句並べているが、「ろくな春とはなりにけり門の雪」もあって本音はこちらであろうが、「まん六」で巧みに初春の句としている。「なお行末も愚にして、愚のかはらぬ世をへることをねがふのみ」は翌六年正月の、

春立《たつ》や愚の上に又愚にかへる

に引き継がれている。何故一茶が晩年に至って荒凡夫の立場から自らの愚かさを強調するのか、その屈折した心情は一茶理解の鍵ともなるが、それは改めて取り上げたい。

この一月はしばらく見なかった交の字が五回ほど見えるのが目を引くが、菊は三月十日に三男金三郎を産んでいる。菊は健康を取り戻したようで、

菊女祝ひ

涼風や何喰はせても二人前

という句も見える。この年の句をいくつか挙げてみたい。

六十年踊る夜もなく過ごしけり
雪隠《せっちん》と背中合せや冬ごもり
はつ雪に一つ宝《たから》の尿瓶《しびん》かな

しみじみとした晩年の心境が伝わる。この年、一茶の日記によれば酒八斗、一日五合三勺三才とある。樽酒の差し入れもあったようで、すっかり一茶も酒を放せぬ生活となっていたのである。

翌文政六年の正月の文章は、これまで見られなかった一茶の少年時代からの俳諧へ入った時期のことが書かれているので長くなるが引いてみる。

薗原《そのはら》や、そのはらならぬはははきぎに、住馴《すみなれ》し伏屋《ふせや》を掃き出されしは、十四の年にこそありしが、巣なし鳥のかなしみはたゞちに塒《ねぐら》に迷ひ、そこの軒下に露をしのぎ、かしこの家陰に露をふせぎ、あるはおぼつかなき山にまよひ声をかぎりに呼子鳥《よぶこ》、答へる松風さへもの淋しく、木葉《このは》を敷寝に夢をむすび、又あやしの浜辺にくれは鳥、人も渚《なぎさ》の汐風にからき命を拾ひツゝ、くるしき月日おくるうちに、ふと諧々《かいかい》たる夷《ひな》ぶりの俳諧を囀《さへず》りおぼゆ。

このように記し、自分の家でない大木の陰に身を寄せたりして、「今迄にともかくも成るべき身を、ふしぎにことし六十一の春を迎へるとは、実《げに》〳〵盲亀《まうき》の浮木に逢へるよろこびにまさりなん。されば無能無才も、なか〳〵齢《よはひ》を延《のぶ》る薬になんありける。

春立や愚の上に又愚にかへる

さなきだになみ〳〵ならぬおろかさになお《（ほ）》おろかさをましら髪哉」

とある。あやを尽くした美文調で具体的なことは何も出てこないが、俳諧に入るまでの苦しい生活は事実であったろう。「無能無才」は最初にも引いたが、芭蕉の「幻住庵記」の「無能無才にして此一筋につながる」を受けていることは言うまでもない。芭蕉の無能無才は俳諧以外のことを意味しているが、一茶はそれを受け、俳諧は伏せて無能無才故に長生きできたと言っている。この文章で注目すべきことは「諧々たる夷ぶりの俳諧を囀りおぼゆ」という言葉である。一茶は愚と称しながらここに至って自らの夷ぶりの俳諧を自負している様子が窺えるように思う。「諧々」といい、「夷ぶり」といい、囀るといい実に巧みに自らの一茶調をくっている。

この正月は前年に引き続いて平穏に過ぎた感じで、酒持参の訪問客もあったり、駕籠《かご》で出かけたりしている。しかしそれも束の間、二月には菊が発病する。日記には「菊心下」とあり、一旦は落ち着くが三月には再発し、四月には実家の母が来る。薬をあれこれ処方しているが悪くなる一方で、下旬には実家へ移す。そして五月十二日に菊は逝く。

菊が病み、金三郎の授乳の必要に迫られ、一茶は力仕事を手伝わせていた富右衛門という男の娘に金三郎を預ける。菊が亡くなり、野送りに逢わせようと呼び寄せたが、金三郎は骨と皮だけのように痩せていた。怒りをあらわにしたその前後の様子などを執拗に記した文章が「金三郎を憐れむ」である。やむなく四日目に別の乳母が来て預かってもらったこと、金三郎が元気を取り戻したことを書き、

門の蝶子が這えばとびはへばとぶ

で終っている。しかし、金三郎は結局その年の十二月二十一日に亡くなる。日記には乳母の

いる中島へ行ったことと、「葬」の字だけが記されている。「金三郎を憐れむ」の文章が貴重なことは、一茶が妻菊を看取った様子や、菊へのいたわりの思いが記されていることである。その辺りを引いてみたい。

さまざま薬おくりて、うしろ安く、其後は一向病人にのみかかはりて、夏の日の永きも忘れていたはりけれど、もと此わづらひ、鬼茨《おにばら》のいらいらしきとげつき合ひにもみにもまれて、かよわき若木のいたく心をいためたる病葉《わくらば》の、たましひいつかぬけつらん、葉守《はもり》の神の露の恵みもとどかず、薬降る日の幸ひにさへもはづれて、日ましに色つやのぬけ照りうすらぎつつ、つひに五月十二日の暁《あかつき》、ほろりとちりうせぬ。

と記す。その後は延々と金三郎の蘇生の様子を続けている。私は菊の病が、継母との鬼茨のいらいらしいとげつき合いにもまれて苦労したことに一茶が触れていることに納得する。しかしそれを和らげるために一茶はどれだけの助けとなったろうか。この年の一月には、

人誹《そし》る会が立つなり冬籠

という句を残しているが、一茶へ向ける世間の目を窺わせるようである。

一茶の日記からは菊を悼む句は見当たらないが、この年の八月と九月に次のような句を残している。

小言《こごと》いふ相手のほしや秋の暮
小言いふ相手は壁ぞ秋の暮

菊が小言いう相手でしかなかったとはいささか淋しいが、一茶らしいといえば言える。

社中の指月庵宛に、

妻におくれて、子にさえすてられて、なげきの晴るる間もなく年のくれけるに
みだ仏のみやげに年を拾ふ哉

との書簡を残している。社中の追悼句会の記録としては、妙高方面での「一茶先生女房追善句会」が見える。

一茶は菊と結婚し、千太郎、さと、石太郎、金三郎と次々と子を得ながら遂に一人として

育つことなく、菊も力も尽きたように世を去る。一茶は結婚した時の「五十婿」という文章で、「あきらめがたきは業《ごふ》のふしぎ、おそろしくなん思ひ侍りぬ」と記していた。私は人間一茶の業の深さを思うばかりである。

俳諧の上でこれだけの実績を残し、名声も高まりつつあった一茶が、何故「なお行末《(ほ)》も愚にして、愚のかはらぬ世をへることをねがふのみ」とか、「春立つや愚の上に又愚にかへる」というように愚を強調するのであろうか。文政二年一茶は、

花ちるや末代無智の凡夫衆

という句を詠んでいる。一茶は凡夫を強調するが、私には一茶が無智だとはどうしても思えない。芭蕉が風雅の誠《まこと》を説き、俳諧のあるべき姿について弟子たちに厳しく説いたのに対して一茶に俳論らしきものがないことには触れてきた。そのことを一茶自身が自らの愚かさの自覚としている面があるようにも思える。しかしわずかに俳諧に対する考え方を示す文章があるので取り上げてみたい。

一茶は文化八年の一年間の発句や連句、文章を集めたものを「我春集」として残しており、その巻頭に「発会序」という文章を載せている。暮から文化八年の正月までを守谷の西

林寺で過ごし、ここを俳諧の決断所として立ち上げようと意図することが書かれている。始めは、清い泉の出る別荘があってもいつしか蛭《ひる》、孑孑《ぼうふり》のおどる埋もれ井となってしまう。「より〱魂の黴《かび》を洗ひ、つとめて心の古みを汲みほさゞれば、彼《かの》腐れ俳諧となりて、果《はて》は犬さへも喰らはずなりぬべき。されどおのれが水の嗅《（臭）》きはしらで、世をうらみ人をそしりて、ゆくゆく理屈地獄のくるしびまぬかれざらんとす。さるをなげきて、籠山《こもりやま》の聖人手かしこく此俳崛《はいくつ》をいとなみ、日夜そこにこぞりて、おのおの練出せる句〲の決断所とす」とし、「しなのゝ国乞食首領一茶書」とある。そのあと、一茶の、

我春も上々吉ぞ梅の花

を発句とした鶴老、天外の三吟歌仙が置かれている。

「我春集」は『おらが春』の先駆けとなる撰集を意図したものと思われ、その序は一茶には珍しく気負った調子が見られる。鶴老は一茶の才能に全面的に信頼を寄せていたのであろう。一茶の文章もそんな期待にこたえるような張りがある。しかしこの文章でも俳諧のあるべき姿は示されず、一茶があくまでも実作一辺倒できたことを示している。理屈抜きに作品本位なのである。

一茶には俳論らしきものはないと見られていたが、矢羽勝幸氏が『一茶の新研究』で俳論ともいえる文化十年の興味深い文章を紹介している。これは長沼の寺で芭蕉追悼句会を催した折の文章で、長くなるが引いてみる。

我《わが》宗門（浄土真宗）にては、あながちに（厳しく）弟子と云《いは》ず、師といはず、如来の本願（如来が衆生を救うために起こした教え）を我も信じ、人にも信じさすことなれば、御同朋《おんどうぼう》・御同行《おんどうぎょう》とて平座《へいざ》（平等の位置）にありて讃談《さんだん》（法話）するを常とす。いはんや俳諧においてをや。たゞ四時《しいじ》（四季）を友として、造化《ぞうか》にしたがひ、言語の雅俗より心の誠をこそのぶべけれ。

この芭蕉会は、門に蓑と笠をかけたりしていたが、晴れていたのでそこに打水するような凝《こ》ったものだったらしい。一茶はそれに違和感を抱いたようでこの文章となったようである。一茶は芭蕉の言葉を簡明に受けながら、言語の雅俗より心の誠を言っているところが一茶らしい。そして浄土真宗の立場から師弟関係を否定しているところが一茶の立場をよく示している。この文章は一茶には珍しい内省的な深みのある貴重なものと思う。

一茶の愚かさの自覚が、俳論の有無と結びつくわけではないが、世間的な俳諧宗匠として立つことが出来なかった挫折感と無縁とは思えないので取り上げてみた。一茶の師である竹阿の存在も、一茶の宗匠への道を断念させるだけの隔たりを感じさせたと思うので取り上げてみたい。

竹阿の『其日ぐさ』には葛飾派二世馬光の句集を編集した際の跋文がある。また六篇の句集に対する序文も載せられている。弟子たちに尊敬され丁寧に導いた様子が伝わってくる。長崎から竹阿を慕ってついてきた弟子についての文章も印象深い。観音寺町の専念寺には竹阿を追悼する石碑まで建てられている。一茶には序文といえる文章は皆無で、句集の選はしても序文は残さなかった。自らを省みても二六庵の庵号を外す他なかったようである。蓼太や白雄の位置ははるかに遠のき、乞食一茶首領として江戸を去らざるを得なかった。郷里に帰ることを決めても、作品を成美に送って見てもらっている。一茶はあくまで実作の力で存在感を示そうとしたのである。

ここで改めて文政五年正月の文章を引いてみる。

荒凡夫のおのれごとき、五十九年が間、闇《くら》きよりくらきに迷ひて、はるかに照らす月影さへたのむ程のちからなく、たま〳〵非を改《あ》らためんとすれば、暗々然として盲《めしひ》の書をよみ、蹇《あしなへ》の踊らんとするに等しく、ますます迷ひにまよひを重ねぬ。

こう自らの愚かさを振り返り、「愚につける薬もあらざれば、なお行末《ほ》も愚にして、愚のかはらぬ世をへることをねがふのみ」と続く。この文章を一茶のこれまでの俳諧師としての歩みと重ねてみると、一茶の愚かさの自認が実によく見えてくるようである。俳諧師一茶の歩みは一つの達成と、迷い挫折の繰り返しであったといってよい。そしてやむなく撤退せざるを得なかった。しかしその間一茶は俳諧師として実に大変な財産を築き上げていたのである。それは現在、蓼太や白雄や素外の俳句がどれだけ読まれているかを考えただけでも思い半ばに過ぎるものがあろう。

一茶は愚かさを悔いているわけではない。愚かさの自認が、強い自負に裏付けられた居直りであることは「まん六の春」の句からも伝わってくるし、翌年正月の「諧々たる夷ぶりの俳諧を囀りおぼゆ」からも伝わってくる。現実の一茶は郷里では大変な江戸帰りの宗匠であり、もはや名士であった。

十二、北信の社中たち

この辺りで一茶の信州での俳諧師としての歩みに眼を向けてみたい。一茶は柏原へ帰る決意をしてから信州での俳諧の場を確保すべく着々と手を打ってきていた。関西行脚の記念集『さらば笠』はとりわけ一茶の存在に箔を付けるに充分な成果であったはずで、帰郷の都度一茶は俳諧の場を広げ、知己を増やしている。北信は辺縁であっても善光寺があり、知的レベルが高く俳諧もかなり根付いていた。信州での一茶の仕事は百巻を超える連句にも残されているが、そこから大凡の一茶社中が見えてくる。

一茶の連句は「熟談書附之事」が取り交わされた文化十年から一気に多くなっていて、北信の地に腰を据えて俳諧に取り組んで行こうとする意図が見えてくる。全集に取り上げられている範囲で見ると、それ以前は文化六年に長沼の春甫等との脇起し歌仙と呂芳《ろほう》との半歌仙、野尻での半歌仙があり、七年には長沼での歌仙が見えるだけである。ところが十年に入ると、善光寺、長沼、高井野、湯田中と十回の連句が記録されている。この年は善光寺で癰《よう》を病むことがあり、世話になった桂好亭文路宅で連句を巻いたのが発端であった。善光寺から湯田中までのこれらの地がその後を通じて一茶が最も足しげく通った場所である。地形的には善光寺から温泉のある湯田中まで、長沼があり、浅野があり、六川《ろくがわ》、高井野紫、中野と一茶が通った地が続いている。

それまで一茶は帰郷の都度、句の添削や選句をしたり、題詠や当座の句会などの座をもって俳諧の仲間を増やしてきていたに違いない。しかし俳諧は連句の座があってこそのものであり、一茶はやはり連句の場を確保したかったろう。連句では一茶は弱冠にして執筆を勤めており、樗堂や成美を推服させるだけの技量を備えていた。一茶が柏原に住むことが決まった十年に、俳諧師一茶を仰ぐ有力な人たちと相次いで連句の座をもった意図がよく見えてくる。

連句の記録は以後続いて行くが、どうやら一茶の期待は裏切られた感じで、十一年が七回、十二年が五回というように少なめに続いていっており、さしたる盛り上がりは見せない。大方は二人だけの両吟で占められ、春甫や魚淵、掬斗《きくと》、素鏡らの居る長沼や梅塵《ばいじん》のいる中野辺りが盛り上がっただけの感じである。江戸での成美や一瓢、それに鶴老といった人たちとの連句の高揚感はとても得られなかったろう。連句では一門が集うような格式ばった会が行なわれるようになっていたが、一茶の連句で十名を超えた集まりは晩年までの十数年で四回に過ぎない。文化十年、長沼の門人魚淵が桃青霊神を勧請し句碑を建てた時の記念集に載るものがあり、十三年には善光寺の俳壇の指導者猿左《えんさ》が同じ勧請を意図したものの成らず、一軸をかけて行われている。猿左発句に一茶が脇を付けている。三回目は同じ年の秋、長沼で一茶捌きで半歌仙が巻かれており、春甫発句、一茶脇で始まる。次が文政二年の九月から八月にかけてのもので、長沼の富農素鏡発句、一茶脇で始まる。ここには善光寺の文路や高井野紫、湯田中など十五人が顔を見せており、場所を変えて続けられたらしい。

連句は歌仙形式で行われているが、この時期になると歌仙形式はますます煩瑣な決まりが出来てきている。句数を定めた去嫌《さりきらい》や定座、季節、恋、釈教、神祇など多種の辞に通じていなければならない。そのような格式ばった連句の興行は土地のレベルでは一茶の期待は無理だったということかもしれない。連句でも親しい間柄の差し向いの両吟なら打解けて楽しむことが出来る。樗堂との六回に及ぶ両吟などはそのような連句の楽しみをよく伝えている。一茶のその面での収穫は浅野の文虎《ぶんこ》と湯田中の温泉を営む希杖《きぢやう》という弟子を得たことにあった。文虎とは二十回に及ぶ連句があり、ほとんどが両吟で占められている。一茶の気に入りようがまのあたりに伝わってくる。

文虎は浅野の油商で、文化九年十一月の一茶の文虎宛の書簡が残されているから、この頃一茶門となったようである。この書簡は、送られてきた句に対する批評依頼への返事で、それぞれ別しておかしく候と記し、自句「独旅暮　我やうは十間ばかり跡の鳫《かり》」を添え、貴評を下さいと結んでいる。当時文虎は二十三歳というから一茶にはこの若者の入門はとりわけ嬉しかったに違いない。足の便も良いし、みっちり育てたかったろう。それが実ったことは一茶死後、「一茶翁終焉記」を書いたのが文虎であったことからも見えてくる。

終焉記で文虎は、一茶を俳諧の李白とし、「涎《よだれ》もすぐに句となるものから、一樽の酒に一百吟、その句のかるみ、実に人を絶倒せしむ。世挙《こぞ》って一茶風ともてはやす」とあって、文虎との両吟が酒を嗜みつつの面もあったろうことを思わせる。連句の改まった席では酒が厳禁であることは言うまでもない。晩年の一茶は師弟関係ということを避け、凡夫を貫く気持が強かったようであるが、一茶に弟子とみてよい人間がいたとすれば文虎に指を屈すべきであろう。

希杖との連句は文化十年から始まっており、二十回ほど見える。湯田中温泉での希杖との連句は一茶には申し分ない寛ぎの場でもあったろう。希杖は連句を熱心に学ぼうとしており、他の連衆との会にも足をのばしており、一茶宅での連句もある。また息子其秋《きしう》との三吟もある。一茶の最晩年は長く滞在し、連句も残している。希杖は一茶の手跡や日記類などの資料を蒐集しており、それが一茶研究にどれだけ貢献したかはかり知れないものがある。

社中との交流を全集に収録された書簡に見ると、善光寺の文路が十通で一番多いが、次が馬橋の斗囿の九通で、文虎、魚淵《なぶち》の八通と続いている。後は以外に少なく、春甫五通、希杖は二通のみである。わざわざ手紙を書くまでもない仲でもあったろうが、その意味では若い文虎への書簡は注目される。句評を求めたり、文虎大人などとしたり、一茶の期待の大きさが窺える。斗囿は一茶の若い時に世話になった立砂の子息なだけに、心を許した仲であったろう。

これまで一茶の信州における俳諧でのつながりのある人たちを一茶社中とか、門人という呼び方をしてきたが、一茶ははたして北信の地に門弟を糾合して宗匠としての地歩をかためようとしたのだろうか。おそらく当初はそのような考えがあって地盤作りに手を打ってきたと思われるが、はやばやとその考えは捨てたように思われる。

私は一茶は序文を書いていないと書いたが、全く書いていないわけではない。文化十二年、長沼の魚淵《なぶち》が編集出版した『あとのまつり』の序は魚淵で閲一茶となっているが、実際は一茶が序を書いたようで、その真蹟が残されている。同じ年に魚淵の邸内であった祭りの寄せ書きに一茶が序を書いているが、これは句集と呼べるものではない。

その後、長沼の松宇《しょうう》編で『杖の竹』(文化十三年)、同じ長沼の素鏡《そきょう》編で『たねおろし』(文政九年)などが見えるが、一茶が代選し、編集に関わっているものの一茶は序を残していない。一茶は師と仰がれていたろうから当然その序を乞われたに違いない。それが見えないということは一茶が名前を出すことを意識的に避けたとしか思えない。

私は先に矢羽勝幸氏の紹介した文化十年の一茶の俳論を引いている。そこには我宗門では弟子と言わず、師と言わず、御同朋・御同行の立場、平等な位置で話し合うことを常としているとあり、そして「いはんや俳諧においてをや」と加えられていた。どうやら晩年の一茶は師弟関係を否定する考えに至っていたように思える。これは『歎異抄』の「親鸞は弟子一人ももたずそうろう」に行き着くのではなかろうか。この親鸞の言葉の背景は複雑である。親鸞は罪を許されて後､常陸に赴き、そこで熱心に法然の教えを説き､多くの弟子をつくった。しかし六十歳を過ぎて親鸞は多くの弟子を振り捨てて都に帰り、隠者の如く暮らして九十歳の天寿を全うした。親鸞の死後、弟子たちが思い思いにその教えを説くようになるが、その教えが親鸞の説いた教えと違うことを嘆いた唯円が、それを正そうとして書いた書が『歎異抄』である。弟子たちの異議論争では実子善鸞を義絶するようなこともおきている。このことはともかく、晩年の一茶が師弟というような関係へのこだわりは捨てたことは確かだと思われる。

一茶が社中を一茶門として掌握することに消極的だったとしても、北信の人たちの俳諧師一茶への期待は大きかったようである。村松友次氏が、文政二年に一茶が上田の俳人李園《りえん》に宛てた書簡を取り上げているのでそれを紹介したい。これは李園が百韻など連句を一茶に送り、指導を求めたものに対する一茶の返書であるが、付けようなどについていくつかかなり踏み込んだ指導をしている。そこには、蓼太、素丸など達人五人で「五色墨」という一派を結び、五歌仙を出版してかなり行われたが、今はその作り方はとらないとある。この書簡にはまた、「上方又おく筋よりに点取り五巻と其外、留守中の誂へもの、方々よりさいそくこまり入申候」という文章もある。それにしても文政二年には、関西方面や奥羽方面からさえ批点を依頼する句稿が送られてくるようになっていたのである。誂えものは色紙や短冊などの揮毫《きごう》依頼などであろう。

一茶の俳壇での位置については矢羽勝幸氏が博捜していて、先に文化八年の「正風俳諧名家角力組」で一茶が前頭の座で東の八人に載っていたことを紹介したが、文化十三年のこの刷り物では世話人の一人となっている。そして葛飾派其日庵五世白芹はこの刷り物でははるか下位の四段目の十一人目に見える。一茶はどのような思いでこれをみたのであろうか。さらに文政四年の「俳諧士角力番組」では差添になっており、六年には「俳諧大相撲」の行司になり、同年の「正風俳諧師座定」では勧進元一茶と大書されている。

一茶が江戸を離れてから何故このように一茶の評価が上がったのであろうか。道彦は白雄没後、春秋派の頂点に立ったが、驕慢な態度から道彦を罵倒する声も出てきていたようで、一茶も魚淵宛の書簡で、あいつら（道彦を指す）は相手にしないほうが良いと書いている。改めて江戸を去った一茶を見直す動きも出ていたのである。

村松氏は道彦を批判する一茶のもう一つの書簡も紹介している。文政二年、千葉の仲間太笻《たいこう》に宛てたもので、道彦が上田に来て、画賛　金千匹（約五十万）、唐紙三つ切　金百匹（約五万）、短冊　二枚金百匹など張り札があって、道彦があくどく金儲け行脚をしていることを批判している。当時の俳人の手蹟が高値で取り引きされていることを窺わせるが、一茶の手蹟とて例外ではなかったろう。しかし一茶は気軽に応じて、大枚を要求するようなことはなかったに違いない。

私の手元にある『俳人真蹟全集　一茶』は昭和五年発行のものであるが、冒頭に有名な春甫筆の一茶像があり、以下さまざまな一茶真蹟が集められている。二十近い画賛は、よく知られた飄逸《ひょういつ》な後ろ姿などまさに一茶俳句の世界を生で伝える。短冊や扇面もかなりの数であり、掛物もある。その後も真蹟は発見され続けてきたに違いない。社中の人たちは書の求めに一茶が気軽に応じるので喜んで迎え、饗応し、包んだであろう。

一茶は生前、『さらば笠』とか『三韓人』などの撰集は出していても単独の著書は遂に出せずにいた。その一茶に大冊の九巻にも及ぶ全集が出せるまでに資料が残されていたことは、社中の一茶への親炙《しんしゃ》の強さをよく物語っている。一茶自身にとっても、自分の書いたものが大切にされることは世に残ることであるから快く応じたに違いない。ある意味で一茶は意図的に自作を提供することで残すことが出来たともいえる。中野の梅塵は一茶の文政二年から四年までの厖大な『八番日記』を書写してさえいる。

『真蹟全集』には「俳諧寺十哲画像」という一茶を交えた長沼の俳人十人の句と、春甫が描いた十人の絵をまとめた大きな寄合書《よりあいがき》がある。中央に載る一茶の句は、

やれ打な蠅が手をすり足をする

で、この句は評判がよく、一茶も自信になったに違いない。一茶が「諧々たる夷ぶりの俳諧を囀りおぼゆ」と書いたのは文政六年の正月であった。この句は一茶のこの言葉を見事に体現した名句といってよい。弱い立場の小さな生きものへ寄せる一茶の心、口語による親しみを込めた呼びかけ、蠅の微細な動作への確かな目などがメルヘン的な一句に仕上げられている。蠅が手足をすり合わせるのはごく自然な動作であるが、打たれまいとする懇願の様子としたところに詩の世界が生まれた。

このような句が郷里で受け、自身の評価が急速に高まるのを肌で感じるようになって、一茶の思いは複雑なものがあったろう。凡夫となりきって、諧々たる夷ぶりの俳諧を楽しむだ

けでよいのだろうか。一茶はひたすら俳句を作り続ける他なかったようである。

十三、晩年の一茶

　文政六年五月、一茶は妻菊に先立たれ、その年の十二月には金三郎も亡くなり、また一人の身となった。一茶は翌年の一月、菊の実家に近い関川浄善寺の住職に後妻の斡旋を頼んでいる。正月を過ごすにしても来客も増えてきていたろうし、手伝いを頼むだけでは不便だったろう。一茶は仏壇を持っているし、寺で小林党を調べた事実もあるというから、家の存続も考えた再婚であろう。

　弥市の世話もあって五月には飯山藩士田中氏の娘雪（三十八歳）と結婚している。しかし、中風を病んだりした六十二歳の老爺と、躾《しつけ》のきびしい武士の家で育った娘では合うはずはなかった。何回か実家に戻ったりして、八月八日には離縁となった。日記には、八月三日雪女離縁とだけある。その年の閏八月一日には善光寺の文路宅で中風の再発があったようであるが、舌が回らなかった程度で事なきを得た。湯田中の希杖宅などで養生したり、社中を回ったりして過ごしている。

この文政七年は再婚、そして離婚があったり、中風の再発があったりで作品も冴えない。

僧になる子のうつくしやけしの花

脇向て不二を見る也勝相撲

旅の皺御覧候へばせを仏

八年の正月には、

元日や上々吉の浅黄空

という背筋の張った格調ある句が表われる。これは書簡に認められた句であるが、一茶の力量を感じさせる。濁音を重ねたところが句に張りを与えて強い句となっている。おそらく一茶は俳壇的評価の高まってきていることへの誇らかな気持も兆していたろう。

山寺は碁の秋里は麦の秋

けし提げてケン嘩の中を通りけり
うつくしや雲一つなき土用空
秋立つといふばかりでも足かろし
それがしも千両花火の人数哉

これらの句もいわゆる一茶調ではない正面から向き合った句である。「けし提げて」の句について兜太氏は「この活気、この明るい諧謔、芥子の花の美しさ」などを称えて一茶の代表句としている。

一茶は芭蕉を仰ぐとしても学問の遅れを痛感していたに違いない。宗匠を意識した享和期には詩経の講読に通っているし、『父の終焉日記』の余白には歌集、仏典、漢籍、物語など実に多方面の引用があってその勉強ぶりに驚かされる。旅での生活が多く、腰を落ち着けて勉強する機会が少なかっただけに、帰郷は学問に取り組む意欲を甦らせたと思う。一茶の文政二年五月の日記には「『老子』一冊返す」とあり、同年七月には「『荘子抄』十冊文虎にやる」という記事がある。五年九月には『撰集抄』『遊仙窟』という書き込みもある。『荘子』や『撰集抄』は芭蕉の愛読書である。このことからも一茶が芭蕉に近付こうとしたことが見えてくる。しかし、文虎に荘子の本を与えたように、この辺りでは老いも加わり学ぶことへの限界を感じたのではなかろうか。
　この年の十一月に一茶は、

　　ばせを忌や昼から錠《ぢやう》の明く庵
　　ばせを忌と申《もうす》も只《たつた》一人哉

など四句を作っている。芭蕉忌といえば、北信の地でもそれなりの催しがあったことは前に触れた文章からも窺えた。一茶はもはや自ら芭蕉忌を催すこともなかったろうし、集まりがあっても顔を出すことはなかったろう。たった一人で芭蕉忌を修することは自分だけの思いで芭蕉を慕い、仰ぐということである。芭蕉との遠さをしみじみ噛みしめたのではなかろうか。文政四年にも「芭蕉忌と申すも歩きながら哉」があって、この思いはずっとわだかまっていたのであろう。

　一茶の俳句はやはり凡夫として寛ぐところから生まれる句が圧倒的に多い。とりわけ雀や猫はそんな一茶の格好の相手になったようである。雀では、

　　我と来てあそべや親のない雀

雀の子そこのけそこのけ御馬が通る
手伝ふて虱を拾へ雀の子

など一茶の代名詞のような句がある。雀は子雀が季語になるが、雀の入った句は四百句ほどはあるらしい。また猫では『猫と一茶』という本まであり、百三十句ほどが写真入りで集められている。

陽炎や猫にもたかる歩行神《あるき》
猫の子にかして遊ばす手まり哉
恋猫のぬからぬ顔でもどりけり

生きもの好きの一茶だけに、その本領が発揮された器用に詠んだ句が多い。しかし猫は気ままな一茶自身と通い合うものがあったようで迫るものはない。

この年の八月と九月の二回にわたり、「柏原焼亡夢」という文字が日記に現れる。現実の焼亡を予感させるような夢である。

翌九年に至ると衰えは目立つようになり、俳句も回想的なものが多くなる。そして、

華《はな》の世を見すまして死ぬ仏かな
ぽつくりと死《しぬ》が上手な仏哉

というような死や仏を見つめた句が詠まれる。周囲が心配したのであろう。八月には三回目の結婚をすることになった。新妻は越後二股の宮下やを（三十二歳）であった。やをは柏原の旅籠屋の乳母をしており、柏原第一の地主中村徳左衛門の三男倉次郎との間にできた二歳の子倉吉がいた。八月に結納が届けられているが、結婚式というほどのことはなかったろう。身辺にゆとりが出来て一茶には嬉しかったに違いない。
十年に残された句は、全集で見る限り五十句ほどと少ない。

送り火や今に我等もあの通り
生身玉《いきみたま》やがて我等も菰《こも》の上

このように死を身近にした句も見えて、身体もめっきり弱ってきたようである。結婚が衰えを早めた面もあるかもしれない。しかしこの年にも蚤を詠んだ句が五句も見える。

かまふなよやれかまふなよ子もち蚤《のみ》
瘦蚤のかはいや留主になる庵《いほり》

このように蚤に心を寄せる句がある一方、

大道に蚤はき捨《すて》る月夜かな
朝顔のうしろは蚤の地獄かな

のような嫌われものの現実を見つめた句もある。同じ対象への相反する感情は一茶ならではのものである。

一茶の健康の悪化は、春甫の仲間への手紙に、舌も回りかね、認《したた》めものなども分かりかねるなどと伝えている。そして閏六月一日、柏原に大火が襲う。柏原の八十三軒が焼けたようであり、一茶の家も焼けたが土蔵だけが残った。焼け出された一茶はしばらく門人の家などに身を寄せたりして過ごした後、九月には修理された土蔵で暮らすようになった。閏六月十五日付の高井野紫の春耕宛の書簡には、

土蔵住居して

やけ土のほかり〳〵や蚤さはぐ

の句を記している。失ったものへの未練など微塵も感じさせないような、いつもの蚤と暮らす一茶がいる。ほかりほかりの一茶ならではの擬態語が、浄土のような雰囲気を出していて絶妙である。文虎の終焉記には、急火にかこまれ、俳諧寺の什物が灰燼となったが、「三界無安の常をさとりて、雨ふらばふれ、風ふかばふけとて、もとより無庵の境界なれば、露ばかり憂《うれ》うるけしきなく、悠然として老をやしなふありさま、今西行とや申しはべらん。」とある。一茶の句はまさにこの境地が詠まれている。先に一茶が柏原が焼亡する夢を見たことを書いたが、晩年の一茶は良寛のような一納一鉢の身一つの生活をいくらかは思い描いていたように思える。

良寛は曹洞宗の国仙《こくせん》和尚の印可を受けているが、晩年は草庵を結び、

おろかなる身こそなか〳〵うれしけれ弥陀の誓ひにあふとおもえば

とあるように、阿弥陀如来の本願に会える喜びを歌っている。二人は互いに思いを寄せるものがあったに違いない。

この年、一茶は一方で次のような句を作っている。

耕《たがやさ》ずして喰《くら》ひ、織《おら》ずして着る体《てい》たらく、今まで罰《ばち》のあたらぬもふしぎ也

花の影（陰）寝まじ未来が恐《おそろ》しき

一茶が文化二年にも「耕さぬ罪もいくばく年の暮」の句を作っており、四年には、「作らずして喰ひ、織らずして着る身程《みのほど》の、行先おそろしく」として、「鍬の罸思ひつく夜や雁の鳴く」を作っていたことはすでに触れてきた。柏原の百姓の家に住み着き、のうのうと俳諧を楽しんでいる自分に一茶はずっと肩身の狭い思いをしてきたのではなかったか。菊の亡くなった年には「人誹《そし》る会が立つなり冬籠」という句があった。弟の弥兵衛はその後も随分百姓に励み、相続時の倍以上に石数を増やしていたのである。耕さぬ負い目はずっと罪悪感として一茶にのしかかっていたのである。

柏原には一茶の弟子は居らず、俳諧の座をもった様子も見えない。柏原を出れば今西行などともてはやされ、幅を利かせていても地元では神妙にしていた様子が窺える。良寛に思い

を寄せたとしても、名主の家は没落し、草庵に一人暮らす良寛に対して、自分は土地も家も持ち、妻帯して酒になじむ凡夫の生活である。とても及ばぬ思いを抱いていたのではなかったか。

一茶を読んできて思うことは、極端なまでに二つに引き裂かれた心の動きが見えてくることである。相続をめぐる強引なまでの肉親との争いをする一茶がいると思えば、一方に蛙や蚤と睦む少年のような一茶がいる。芭蕉を仰ぎ、その道を求め続けながら一方で諧々たる夷ぶりの俳諧に自適する一茶がいる。一茶が我執の強い人間であったことは日記からも伝わってくるが、そのことが表現者としての才能に磨きをかけたことは当然である。その我執の呪縛からの脱出が激しいまでの阿弥陀仏への帰依であったと思う。そしてもう一つは一日五合という酒ではなかったか。

十四、一茶の死とその後

九月頃からの土蔵住まいの合間には一茶は門人に招かれて駕籠に乗り、あちこち回って歩いたようである。そして十一月十九日、急に気分が悪くなり、安らかに息を引きとったようである。文虎の終焉記には、「霜月八日帰庵の顔うるはしかりけるが、十九日といふに、ふとここち悪しき体なりけるを、申の下刻ばかりに、一声の念仏を期として大乗妙典のうてなに隠る。」とあり、続いて、「門葉知音の人々あはやとてはせあつまり、たがひに頼みなき膝をつらねて、かつは嘆きかつはうらみ、思ふ事いふ事、枯野の露の仇事になん。かくてあるべき事ならねば、名（明）専寺の上人をみちびきにして、野辺のけぶりとなしぬ。」と記されている。社中による大きな葬儀が行われた様子は見えない。一茶の門弟といっても一門としての横のつながりは生まれず、地域ごとのまとまりに留まった感じであったから大きな葬儀は無理だったと思う。

一茶死後とりわけ印象的なことは、弟の弥兵衛が先頭に立って一茶句碑建立に動き出したことである。この事情は高橋氏の『一茶の相続争い』に詳しいが、一応その間の事情を書いておきたい。弥兵衛は本陣の六左衛門（観国）に死後財産を託すほどの仲であったようで、六左衛門の全面的な支援を得ている。建立の資金集めの様子が伝わる弥兵衛の書簡が残されているが、その文章は力強く大変な教養を感じさせる。

六左衛門は大火の余塵の燻《いぶ》る柏原の復興に当たっていたが、一茶句碑はそのシンボルと考えたようで、建立場所は街道の入口の諏訪神社の境内と決まった。句碑に刻む句は社中などとの協議によって、

松陰に　寝て喰ふ　六十餘洲かな

と決まる。この句は文化十年の作で、『株番』や真蹟などに「天下大平」「賀治世」などいくつかの前書が残されている。松陰は徳川家の起こりである松平家を寓意している。下積みの一茶であったが、このような幕府の治世を讃える表現は折に触れて顔を出す。句碑に記す銘文は一茶社中の者でなく、六左衛門に近い幕府の中野陣屋の手付《てつき》大塚揆と決まった。句碑の句は大塚の意向も大きかったのではないか。社中に受け容れられていた一茶らしい表現で

あるが、季語もないだけに弱い。大塚の撰文は儒者らしく漢文に漢詩が添えられ堂々としたものであるが、「風月を吟じ、花柳を嘲謔し、いまだかつて世事《せじ》を以てせず、桜懐詞句は超逸して、けだし妙鏡に入る」（読み下し文は『一茶の相続争い』より引く）と手厳しい指摘もある。大塚揆は「教諭書」を配布するなど仁政を唱導している。

句碑は二年後の三回忌に建立された。そしてこれと前後して、春甫、文虎ら門人十四人が手分けして資料を集め、最初の『一茶発句集』が出版された。巻頭に春甫の一茶像と一茶の句、

ひいき目に見てさへ寒きそぶりかな

の筆跡を入れるが、収録句は五百二十句ほどと少ない。

句碑建立に奔走した弥兵衛であったが、その身辺はただならぬものがあった。弥兵衛の妻むくは一茶の亡くなった翌年に五十九歳で亡くなっている。継母さつはその翌年の、句碑が建立された三回忌の年に米寿で亡くなっている。一茶の死を見届けるように歿しているのである。このような状況の中で句碑建立に取り組んでいたのである。弥兵衛がこれまで一茶にどのように接していたかは見えてこなかったが、弥兵衛は兄一茶の真価を充分に弁《わきま》えていたことが見えてくる。身近のしっかりものの弥兵衛の存在が、一茶を俳諧師としてたゆまず歩

ませた面が大いにあったと思う。弥兵衛もまた二年後の天保二年に六十歳で亡くなっている。

一茶の妻やをは妊娠中であった。そして翌年の四月、やたを産んでいる。徳左衛門の三男倉次郎の子であった倉吉は、徳左衛門家の長男、次男が相次いで亡くなり、倉次郎が継ぐことになって倉次郎に引き取られた。一茶家はやたが婿を迎えて継ぐことになった。一茶がやたに見《まみ》えることなく世を去ったことに、なにか業の深さを思わずにはおれない。

一茶略年譜

宝暦十三年（一七六三）一歳
五月五日。信濃国上水内郡柏原村《かみみのちごおりかしわばら》（現、信濃町柏原。幕府直轄領）本百姓（持ち高六石五升）小林弥五兵衛（三十一歳）、母くにの長男として母の実家仁之倉《にのくら》（柏原村の支村）で生まれた。本名小林弥太郎。

明和《めいわ》二年（一七六五）三歳
八月十七日。母くに没。

明和七年（一七七〇）八歳
上水内郡三水《さみず》村倉井より継母はつ（一説さつ）が来る。

安永元年（一七七二）十歳
五月十日、異母弟仙六が生まれる。

安永五年（一七七六）十四歳
八月十四日。祖母かな没。九月、一茶疫病にかかり一時重体。

安永六年（一七七七）十五歳
江戸へ奉公に出る。以後の動静不明。

天明二年（一七八二）二十歳
この頃馬橋《まばし》（現、千葉県馬橋市）の油商で俳人立砂《りゅうさ》（葛飾派元夢《げんむ》門）宅に奉公したという伝承がある。

天明七年（一七八七）二十五歳

葛飾派の指導者素丸《そまる》の執筆《しゅひつ》であった記録がある。（長野県南佐久郡佐久町新海米翁米寿記念集『真佐古《まさご》』に「渭浜庵執筆一茶」として一句入集。）

天明八年（一七八八）二十六歳

四月。森田元夢編『俳諧五十三駅』に菊明号で十二句入集。

寛政元年（一七八九）二十七歳

この年東北旅行。八月十日。名勝象潟で宿泊。

寛政三年（一七九一）二十九歳

三月二十六日。素丸に「留別渭浜庵」の文を残し、常総各地を訪ねた後四月十日、江戸を立ち信州に向かう。

寛政四年（一七九二）三十歳

三月二十五日。西国行脚《あんぎゃ》に出発。六月。相州（神奈川県）浦賀、伊豆（静岡県）伊東、遠州（静岡県）にあり。七月、淡路（兵庫県）にあり。秋、香川県観音寺市専念寺、愛媛県土居町にあり。十二月、熊本県八代《やつしろ》市の正教寺《しょうぎょうじ》（住職文暁《ぶんぎょう》）にあり、以後翌年二月まで滞在。

寛政五年（一七九三）三十一歳

二月まで八代市正教寺に滞在。九月、阿蘇へ行ったか。十二月。長崎に滞在。長崎は亡師竹阿《ちくあ》ゆかりの地。

寛政六年（一七九四）三十二歳
長崎で迎春。夏、阿蘇山の句を詠む。夏から秋にかけ防州（周防《すおう》国、山口県）、冬、四国に滞在。

寛政七年（一七九五）三十三歳
一月。香川県観音寺市専念寺で迎春。以後香川県各地にあり、一月十五日松山市松前町の栗田樗堂《ちょどう》宅。以後二月五日まで滞在。その後も香川県内各地にあり。三月八日、岡山県倉敷（市）にあり、岡山（市）を経て、三月十一日に兵庫県赤穂（市）にあり。三月十八日大坂《おおざか》（大阪市）の黄華《こうか》庵升六《しょうろく》宅、四月はじめまで滞在。歌仙等の作品多数。夏、京都に高桑蘭更《たかくわらんこう》を訪い、歌仙を巻く。年末ごろまで京阪地方各地に滞在。大坂の升六宅に滞在中『冬の日』注解を手伝う。処女撰集『たびしうゐ』を京の菊舎《きくや》太兵衛より刊行。

寛政八年（一七九六）三十四歳
四国に渡り、翌年春まで松山の樗堂《ちょどう》宅を根城とする。

寛政九年（一七九七）三十五歳
春、松山を去り夏、秋にかけて備後《びんご》（広島県）福山に滞在、尾道に長月庵若翁《じゃくおう》を訪う。その後再び四国に遊び、冬、京阪地方にあり。

寛政十年（一七九八）三十六歳
一月一日。大和（奈良県）長谷寺で迎春。後関西各地にあり。春『さらば笠』を出版する。七月下旬。中山道を通り故郷柏原へ帰る。八月下旬。江戸へ帰ったか。

寛政十一年（一七九九）三十七歳

十一月二日松戸馬橋の大川立砂の臨終をみとる。

寛政十二年（一八〇〇）三十八歳

二月。夏目成美と付合《つけあい》二句を作る。

享和元年（一八〇一）三十九歳

三月。柏原へ帰る。四月二十三日、父弥五兵衛発病。五月二十日。父死去。六十五歳。九月中旬。江戸へ戻る。文化十年（一八一三）まで伝馬役金として金一分《いちぶ》を毎年納める。

享和二年（一八〇二）四十歳

十二月十二日。上総《かずさ》(千葉県)富津(現、富津市)の織本花嬌《おりもとかきょう》より南鐐一片《なんりょういっぺん》入りの手紙が届く。

享和三年（一八〇三）四十一歳

江戸本所五ツ目大島の愛宕社に住む。

文化元年（一八〇四）四十二歳

『一茶園月並』を発行、宗匠活動を行なった。

十月。日本橋久松町の松井《まつい》と交際がはじめる。

文化四年（一八〇七）四十五歳

六、七月。父の七回忌法要のため信州に帰る。

十月八日。江戸に帰着。十月二十八日。再び信州へ。十一月五日。柏原の実家に帰る。

十一月十九日。江戸帰着。

文化五年（一八〇八）四十六歳

二月八日。仙六が出府し一茶を訪う。六月二十五日。信州へ向う。七月二日柏原着。七月九日。祖母三十三回忌。八月二十四日。弟仙六と父の遺産折半の約束成る。十二月四日。柏原を立ち、十二月十六日江戸帰着。借家は人が住んでおり、成美宅で越年。

文化六年（一八〇九）四十七歳

三月二十一日。日暮里本行寺住職一瓢宅で句会。泊まる。一瓢との親交始まる。四月五日。信州に向う。四月十日。柏原の実家に行かず、母の実家仁之倉《にのくら》の宮沢家に着く。二泊。四月十八日。柏原に借家し、そこに入る。冬。江戸に帰る。

文化七年（一八一〇）四十八歳

富津の織本花嬌没。五月十日。信州へ旅立つ。五月十八日。柏原の実家の前を素通りして野尻の門人魯堂宅に泊まる。五月二十六日。江戸に向う。六月一日。江戸帰着。

文化八年（一八一一）四十九歳

一月二十八日。長月庵若翁《じゃくおう》（一七三四―一八一三）を訪い、一泊する。若翁この年七十八歳。

文化九年（一八一二）五十歳

六月十二日。信州へ向かう。六月十八日。柏原着。本陣中村観国方、旅籠《はたご》等に泊まる。十二月二十四日。明専寺《みょうせんじ》入口の岡右衛門の借家で越年。

文化十年（一八一三）五十一歳

一月「熟談書付の事」を弟弥兵衛と取り交わし相続が決着する。六月十八日。長野の上原文路宅に泊まり、デキモノに苦しみ、以後九月五日まで七十五日間文路宅で病臥。

文化十一年（一八一四）五十二歳

四月十一日。常田久右衛門の娘菊（二十八歳）と結婚。七月二十一日。江戸に向け出発。八月九日、江戸日暮里本行寺一瓢のもとに泊まる。十一月。江戸俳壇引退記念集『三韓人』を出版。十二月二十五日。柏原に帰着。

文化十二年（一八一五）五十三歳

八月三十日。江戸へ出立。十二月二十八日。雪中柏原に帰る。

文化十三年（一八一六）五十四歳

三月十四日。長男千太郎生まれる。五月十一日。千太郎死亡。九月十六日。江戸に向けて出立。十月一日。日暮里本行寺（住職一瓢）に泊まり、髪を剃り落とす。十一月十九日。夏目成美没。十二月二十二日守谷（茨城県北相馬郡守谷町）の西林寺《さいりん》(住職。信州飯田出身、一茶とは文化七年以来の交友）に入りヒゼンの治療に専念する。

文化十四年（一八一七）五十五歳

一月一日。守谷の西林寺で迎春。三月三日。

江戸（松井宅）から妻菊宛に手紙（ヒゼン状と呼ばれる）を出す。六月二十七日。江戸を立ち、七月四日、柏原帰着。

文政元年（一八一八）五十六歳

五月四日。長女さと誕生。

文政二年（一八一九）五十七歳

『八番日記』をつけはじめる。六月二十一日。そのさとが死ぬ。

文政三年（一八二〇）五十八歳

十月五日。二男石太郎出生。十月十六日。雪道ですべって中風発作。

文政四年（一八二一）五十九歳

一月十一日。二男石太郎死す。この年江戸浅草竹門の大黒屋文吉から出た俳人番付に格別の差添役《さしそえやく》として載る。

文政五年（一八二二）六十歳

三月十日。三男金三郎が生まれる。

文政六年（一八二三）六十一歳

二月十九日。菊発病。五月十二日。菊三十七歳で死亡。十二月二十一日。三男金三郎死亡。

文政七年（一八二四）六十二歳

五月二十二日。飯山藩士田中氏の娘ゆき（三十八歳）と結婚。八月三日、離縁。閏八月一日。長野の文路宅で中風再発。言語障害を起こす。

文政九年（一八二六）六十四歳

柏原の小升屋の乳母であった宮下やを（三十二歳）と結婚。やをには二歳になる連れ子（倉吉）あり、同居。

文政十年（一八二七）六十五歳

閏六月一日。柏原大火。一茶の家も類焼。焼け残りの土蔵で暮らす。ただしその後も主として門人宅を転々とする。十一月十九日、その土蔵で死去。

文政十一年（一八二八）没後一年

四月。遺腹の娘やた誕生。

あとがき

小誌「こだま」に、一茶について「一茶覚え」などという随想風の文章を書き始めたのは二十七年の一月号からで、一冊の本にするような気持はまったく持っていなかった。金子兜太さんの『荒凡夫　一茶』という本が出たのが二十四年で、若い頃「末世の詩人　一茶序説」というような文章を書いたことのある私は、兜太さんの一茶論の総仕上げとも言うべきこの本に触発されるものが多かったのである。兜太さんは若い頃から一茶に取り組んでいて、『小林一茶』（講談社）とか『一茶句集』（岩波書店）などのほか。ＮＨＫの講座でも一茶を取り上げているし、『流れゆくものの俳諧』とか『定住漂泊』などの評論集でも一茶を取り上げている。戦後、一茶俳句が現代に甦ったのは兜太さんの力によるところが大きい。

俳諧の上に大きな仕事を残した一茶であるが、その歩みは複雑に屈折していてとても一筋縄ではゆかない面をもっている。私の以前に書いた文章は、限られた資料で作品を通じて一茶の歩みや位置を見定めようとしたもので、性急な論旨が気になっていた。今度書き始めながら、伝記的事実が改めて見えてくるにつれ作品の理解も深まり、少しずつ筆が進むようになった。そして連載を続け、ともかく昨年暮れには一応の区切りをつけることが出来た。そして出版が決まったのは一月であった。ところが二月二十日、金子兜太さんが白寿目前で逝去されるという悲報が届いた。私は兜太さんに何冊かの本の出版に関わって頂くなど計り知れない恩義を受けている。今度の本がある意味で兜太さんの本領の分野だけに、読んで頂けない事態となったことに複雑な感慨抱かざるを得ない。ともあれこの場をかりて謹んでご冥福をお祈りしたい。

書く上で大きな力となったのは村松友次さんの『一茶の手紙』という本である。そのこともあるので村松さんに触れておきたい。大分以前のことであるが、井本農一先生のお宅で新年の集まりがあった時、村松友次さんも居られて、私に「あなたも木が多いね」と言われて大笑いとなったことがあった。村松さんは芭蕉や蕪村の研究はもとより俳誌まで主宰しておられて、気宇の広い方であった。言われてみると村松さんが二つなのに対して、私は木が三つある。私が詩や俳句を作る一方、芭蕉の本や『日本の韻律』という本まで出していたのだから私は虚をつかれて照れる他なかった。その村松さんがある時、大修館から「一茶の手紙」という本を頼まれていて困っているとこぼしておられた。芭蕉や蕪村に取り組んでこられた方が一茶にひるむ気持は私にはよく分かる思いだった。村松さんは大修館から『芭蕉の手紙』、『蕪村の手紙』というとても良い本を出しておられた。それが評判が良かったので出版社としてもシリーズとして一茶を出したかったに違いなかった。

そのことも頭から離れていた頃、村松さんから『一茶の手紙』という本が届いた。数少ない一茶の書簡からその節目、節目の歩みや、人間性を伝えるものを見事に読み解き、周辺の事情まで詳しく書き加えて確かな一茶像に迫っている。そして詳細な年譜までが添えられていた。村松さんは「あとがき」で、俄か勉強の筆者がこのような書物を書き得たのは「同郷の畏友矢羽勝幸氏の緻密で、且つ厖大な筆績のそちこちをつまみ食いしてのことである。さらに氏には全原稿に目を通してもらい助言を得た。この本に大きな誤りがないとすれば氏のお陰である。」と書かれている。私はいささか羨む気持で納得する思いであった。このことも振り返れば平成八年のことで、村松さんも平成二十一年にお亡くなりになられた。

私も今度書き進めながら矢羽勝幸氏の著書や関わった資料から随分教えられるところが多かった。そして不躾にもお願いして原稿に目を通して頂く幸いを得た。いきなりの無理なお願いを聞き入れて頂き感謝に堪えない。

俳句もある意味で文学であり、私生活の記録でないことは当然で、俳句を鑑賞するのに作者の日常にまで立ち入るのは正しいとはいえない。しかし一茶の場合はとりわけ作品と私生活が一つになっていることが多い。私の文章は広い視野からの一茶俳句鑑賞ではなくて、俳句を通じて俳人一茶の歩みを追い、その人間像に迫るという形のものとなった。これが少しでも一茶理解に役立っていただければ嬉しい。

出版については前著に続き諏訪の鳥影社に引き受けて頂いたが、私共々一茶が信州人であるだけに嬉しい。校正はいつもながら御高齢の勝原士郎さんに助けて頂いたが、社内担当者による引用や表記について詳細に助けていただいたことが嬉しかった。ここに記して厚く御礼申し上げたい。また俳友村川雅子氏からは一茶資料を寄せて頂き嬉しかった。記して謝意を表したい。

なお『俳人真蹟全集』第十巻の一茶の資料提供者に松林彦五郎とあるのは私の祖父で、そのことも何か縁を感じるので蛇足としたい。

平成三十年六月三日

松林　尚志

〈著者紹介〉
松林尚志（まつばやし　しょうし）
1930年、長野県生まれ。慶應義塾大学経済学部卒業。
現代俳句協会、現代詩人会の各会員。
俳誌「木魂」代表、「海程」同人。
著書：句集　『方舟』1966（暖流発行所）他
　　　詩集　『木魂集』1983（書肆季節社）他
　　　評論　『古典と正統　伝統詩論の解明』1964（星書房）
　　　　　　『日本の韻律　五音と七音の詩学』1996（花神社）
　　　　　　『子規の俳句・虚子の俳句』2002（花神社）
　　　　　　『現代秀句　昭和二十年代以降の精鋭たち』2005（沖積舎）
　　　　　　『斎藤茂吉論　歌にたどる巨大な抒情的自我』2006（北宋社）
　　　　　　『芭蕉から蕪村へ』2007（角川学芸出版）
　　　　　　『桃青から芭蕉へ　詩人の誕生』2012（鳥影社）
　　　　　　『和歌と王朝』2015（鳥影社）他

一茶を読む　やけ土の浄土

定価（本体1600円+税）

乱丁・落丁はお取り替えします。

2018年 7月 18日初版第1刷印刷
2018年 7月 24日初版第1刷発行
著　者　松林尚志
発行者　百瀬精一
発行所　鳥影社 (www.choeisha.com)
〒160-0023 東京都新宿区西新宿3-5-12トーカン新宿7F
電話 03(5948)6470, FAX 03(5948)6471
〒392-0012 長野県諏訪市四賀229-1(本社・編集室)
電話 0266(53)2903, FAX 0266(58)6771
印刷・製本　モリモト印刷・高地製本

ISBN978-4-86265-691-9 C0095